横山隆一

挿絵叢書4

末永昭二編

皓星社

横山隆一

序

大正昭和期挿絵画家の画業を撰集する「挿絵叢書」が刊行される。

さしえ、と平仮名でしるせば、あるいは物語に寄り添うような優しさが感じられるかもしれないが、「さす」の語は、指さす、差し挟む、突き刺す、などにも連なる。先の尖った異物を突き入れる、凶暴さを持った言葉である。挿絵が原作を歪める、挿絵が読者の自由な想像を阻む、という議論をしばしば耳にするのも、いわば刺客に対する警戒の現れかもしれない。

だが物語や想像力という得体の知れぬエネルギーが、歪められ、阻まれることで力を失うものでもあるまいし、むしろ、挿絵によって物語が生命を与えられ、挿絵によって読者の想像力が翼を持ち、挿絵の刺激で作家もまた新たな物語を創造する、そのような多重の刺激の交響する文化システムの中にこそ私たちは生きているのであって、それは豊かで、幸せなことであるはずだ。

挿絵を刺客とする比喩を続けるならば、倒すべきさまざまな敵があるように、刺客の側にもそれぞれに個性的な輝きがある。挿絵が原作の従属物ではなく、独立した芸術であることは既に共通理解となっていよう。だがその芸術性とはいかなるものか。

時代を彩った名作挿絵については、今日、各画家の画集や挿絵全集に収録され、我々はそれを静かに鑑賞し、至福の時間を味わうこともできる。しかし挿絵のみを単独で見る時と、小説を読みながら挿絵を見る時とでは、私たちの視線の動き、頭脳や心の動きはまったく異なるはずだ。そして挿絵が刺客であるならば、真に刮目すべきは敵を前にしたその一瞬ではないか。

「挿絵叢書」の挿絵は、可能な限り発表当時のレイアウトに近づけ、小説とともに収録されるという。これに加うるにデジタル技術による鮮明化は、小説と絵とが出会う瞬間を読者の前に現出するだろう。また「挿絵叢書」は、必ずしも傑作小説集を目指さず、あくまで挿絵の魅力を堪能しうる作品を選び、時として文章の梗概化などによるバランス調整も行うと聞く。これも挿絵を主役に据えるための演出と言えるだろう。

挿絵を主役の位置に据えることは、しかし必ずしも物語を背景に追いやることにはなるまい。再び挿絵という言葉に戻るならば、「挿」という漢字は手偏に苗の会意文字で、大地に苗を植える姿を表す。植えられた苗は大地を養分として成長し、花を咲かせ、実りをもたらす。その実りをもたらしたものが大地なのか苗なのか、豊穣の秋には渾然もはや分明ではなかろう。

浜田雄介（「新青年」研究会）

目次

挿絵ギャラリー

生《い》ける死美人《しびじん》

（トレント最後の事件）

E・C・ベントリイ

『探偵小説』昭和７年７月号（第２巻第７号）

ける死美人
E・C・ベントリイ作
延原謙訳

「生ける死美人」梗概

米国人富豪シグズビー・マンダスンが英国の別邸で射殺された。画家でありながら数々の難事件を解決してきた素人探偵フィリップ・トレントは、新聞社の要請で捜査に乗り出す。その冷酷な性格によって誰からも憎まれていたシグズビーは、抑圧された労働者から復讐されたとも考えられたが、数か月前から関係が悪化していた妻メーベルにも疑いがかけられる。トレントは、犯人の動機がわからないまま犯人と犯行方法を綿密な推理で導き出すが、これを発表すれば、秘かに思いを寄せるようになったメーベルが苦境に立たされるので、新聞社へは事件が解決できなかったと報告する。混乱するロシアを取材する通信員として過ごし、さらにパリで絵を描くことでメーベルへの思いを断ち切ろうとしたトレントだが、事件は未解決のままメーベルが孤閨を守っていると知り、イギリスに戻る。メーベルと再会し、「真実」を知るトレント。「真犯人」と対峙したトレントは敗北を認め、この事件を最後に、二度と探偵に手を染めないと誓う。

「シグズビー・マンダスンが頭を撃たれて殺された。トレント君、すぐに現場へ行ってくれたまえ」。ロンドンの「レコード」新聞社主モロイ卿は、素人探偵フィリップ・トレントを呼び出した

執事マーチンはトレントの質問に答え、マンダスン最期の日の邸内の様子を語る

眼に銃弾を受けて絶命していたマンダスン。上着や靴は普段用なのに、シャツとカラーは礼装用というちぐはぐな服装で、義歯を寝室に忘れているという不審な姿だった

秘書マーロウの部屋の暖炉棚にはマンダスン射殺に使われたものと同じ口径のピストルがあった。しかし、事件当時、マーロウは150マイル離れたサザンプトンにいた

海岸の崖に腹ばいになって波打ち際を見ようとしたトレントは、海岸線の代わりに、黒衣をまとった美しい女が夢見るように水平線を見つめているのを見た

トレントは彼の理解者でありメーベルの叔父でもあるカプルス老人に、マンダスン邸から採取した指紋を示した

エナメル革の短靴の縫い目にほつれがある。マンダスンより足の大きい人物がマンダスンの靴を履いて足跡を偽装したのではないか

メーベルは毎晩オペラを見に来る。トレントが待つ音楽会場に現れたメーベルは、目も覚めるばかりの夜会服姿だった

湖水のボートの上で二人きりになり、アメリカ人のフラッパーにうつつを抜かすマーロウに意見するメーベル。その様子を見たマンダスンは二人を邪推する

マンダスンの死体を運ぶマーロウ

マンダスン自身が仕掛けた陥穽と巻き込まれた人物によるトリック、そして偶然が事件を錯綜させていた

真相を知るトレント。「私は今後決して探偵には手を染めぬつもりです。マンダスン事件をもって、フィリップ・トレントの最後の事件としましょう。トレントの誇りもついに地に落ちる時が来たのです」

挿絵ギャラリー

塙侯爵一家《ばんこうしゃくいっか》

横溝正史《よこみぞせいし》

「塙侯爵一家」梗概

ロンドンの場末の酒場で、自殺するつもりで酔いつぶれていた若い画家鷲見《すみ》信之助《しんのすけ》は、畔沢《くろさわ》大佐と名乗る男に救われる。信之助が日本有数の家柄と資産を誇る塙侯爵の八男である安道《やすみち》と瓜二つであることを利用して、畔沢は侯爵家を乗っ取ろうと画策していた。本物の塙安道は阿片中毒で廃人となっており、ロンドンに追いやられ、侯爵の甥である畔沢が世話係として随行していた。ロンドン滞英中に安道を自分の意のままに動く偽物と入れ替えて侯爵家を継がせれば、侯爵家の富と権力は畔沢のものとなる。信之助は侯

第1回『新青年』昭和7年7月号（第13巻第8号）

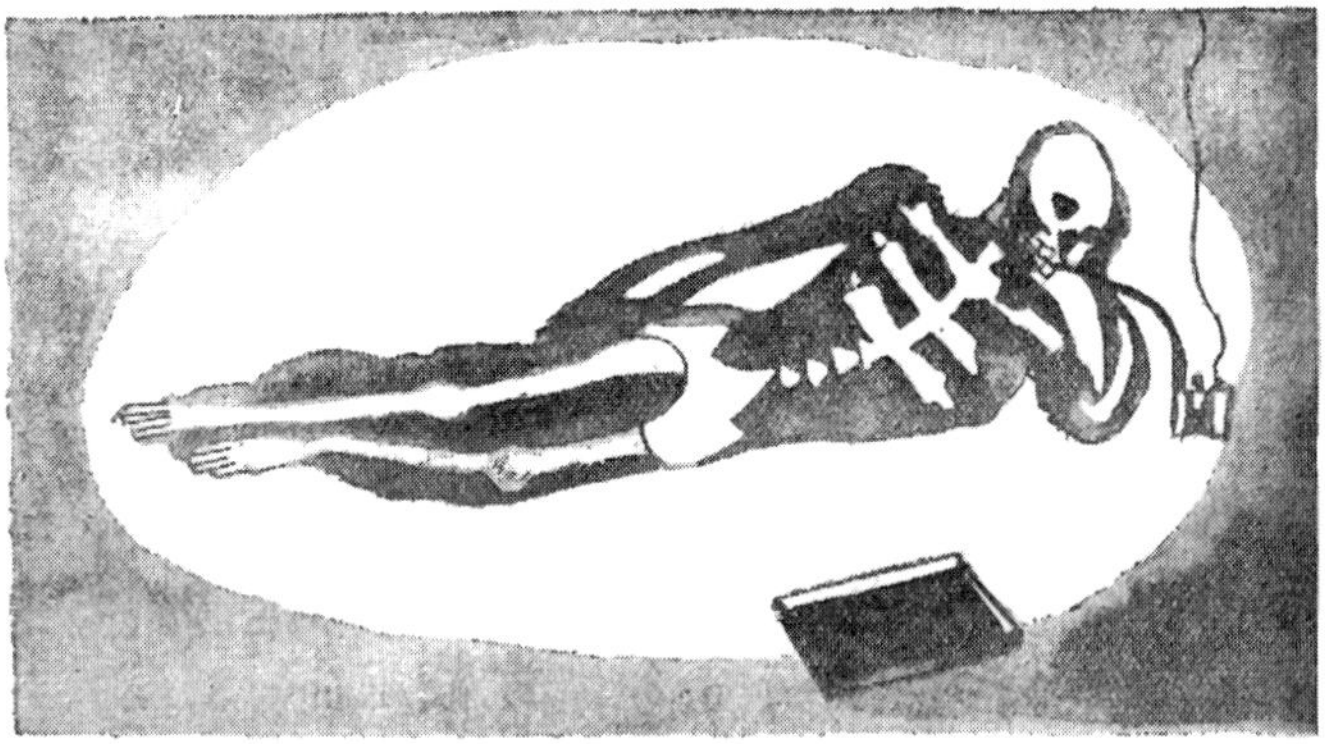

爵家乗っ取りを承知し、安道を絞殺することで畔沢の共犯者となった。

　本物の安道が思いを寄せていた大使令嬢美子《よしこ》も騙すことができたところで、安道に帰国命令が下される。家督を継ぐはずだった兄が急死したのだ。

　美子とともに安道は帰国する。謎の黒衣の女から安道が偽物であることを知らせる手紙を受け取った美子と安道の姉加寿子《かずこ》は安道を疑い、加寿子は何者かに顔に硫酸を浴びせられる。

　八十五回目の生誕祝賀会の会場で、老侯爵は射殺される。塙家の旧藩主である樺山侯爵家の泰子《やすこ》姫との政略結婚、醜貌で生まれながらの不具者である安道の兄晴通《はるみち》の美子への横恋慕が絡み合い、謎は錯綜する。

　畔沢大佐は、ある政治的目的のために地下活動を続ける団体に所属しており、安道をその盟主として立てることで塙家の権威と財産を利用しようとしていた。

　樺山家との政略結婚のために安道に捨てられ、侯爵夫人への道を断たれた美子と、摘発されて団体を壊滅させられた畔沢は、安道と泰子姫との結婚式会場で、安道が偽物であることを暴く。加寿子に硫酸を浴びせたのは誰か、老侯爵は誰になぜ殺されたのか。

霧のロンドン、アパー・スワンダム小路。地下の酒場を訪ねる二人の日本人は、ある青年を探していた

「あなたはある権力を握ろうとしているが、その前にはいくつもの死がある……」。塙安道になりすました鷲見信之助の手相を見た巫女は、恐ろしげに言うのだった

「この鞭を締めさえすれば、君はあらゆる権力をその手にできるんだぜ」。畔沢大佐が信之助に示した鞭の先には、阿片中毒で廃人となった本物の塙泰道の首が

第２回『新青年』昭和７年８月号（第13巻第10号）

信之助と畔沢大佐、そして安道に思いを寄せる沢村美子らを乗せた船は神戸に入港した。迎えに来た安道の兄家族の前で安道を演じきる信之助の度胸に、畔沢大佐は舌を巻く

下船の混雑に巻き込まれた美子の手をつかんだ黒衣の女は、安道が偽者であることを警告する紙片を手渡して姿を消した

京都にある安道の兄の屋敷に泊まった美子は、あの黒衣の女にのぞき込まれている夢を見て目を覚ます。夕食時、安道に昔の話をさかんに仕掛けていた兄嫁加寿子も、あの黒衣の女の警告文を受け取ったのではないか

差出人不明の警告状の指示を受けた加寿子は、安道（信之助）に睡眠薬を飲ませ、寝ているうちに手形を取った。自室のドアを開けた加寿子は、室内に潜んでいた何者かによって、顔に硫酸を浴びせられる

塙侯爵一家

横溝正史作

第３回『新青年』昭和７年９月号（第13巻第11号）

塙侯爵の八十五回目の誕生祝賀会。老侯爵は寵愛する安道に旧藩主樺山侯爵の接待を命じる。老侯爵は安道と樺山侯爵の妹泰子を結婚させることで、旧藩主との関係強化を望んでいた

信之助が泰子姫を誘って余興のダンスを見物していると、信之助らの姿を見た踊り子の一人が、明らかに動揺している。不審に思った信之助は、踊り子の素性を調べさせる

テントの中で一人休息していた老侯爵が、ピストルで頭を射抜かれて死んでいた。腹を探り合う信之助と畔沢大佐。大佐は発見された凶器が泰道の弟晴通のものでないかと疑う

第 4 回『新青年』昭和 7 年 10 月号（第 13 巻第 12 号）

未亡人となった侯爵夫人を見舞った畔沢大佐は晴通に呼び止められる。侯爵が殺された祝賀会で美子を見初めた晴通は、大佐に取り持ちを頼むのだった。安道と泰子姫を結婚させたい大佐は喜んで引き受ける

祝賀会で動揺したダンサーは鷲見信之助のかつての恋人島崎麻耶子だった。探し当てた麻耶子のアパートを訪れた信之助は、麻耶子との再会を果たす

麻耶子のアパートに向かう信之助を追っていたのは、あの黒衣の女だった。二人の再会を盗み見た黒衣の女は満足したように部屋を離れた

第５回『新青年』昭和７年11月号（第13巻第13号）

秘密結社の本部。畔沢自身あるいは身辺のものがスパイではないかと疑われた畔沢は、安道が麻耶子と密会していることを知らされて激怒する

樺山侯爵邸での祝宴で、安道は女占い師に手相を見せる。「私がロンドンで見た塙安道ではなかった」と言う占い師。安道を憎んでいた美子は、安道が替え玉であるという証拠を摑む

第6回（完結）『新青年』昭和7年12月号（第13巻第14号）

安道と泰子姫の結婚式当日、突然神田須田町のビルに呼び出された畔沢は、「本部」が手入れを受けて壊滅状態ということを知る。情報を当局に流したスパイは畔沢ではないのか？

結婚式が終わり、控えの間で休む安道のもとへ、当局の追跡を逃れた畔沢大佐が現れた。「黒衣の女」柴山女史の証言をもとに安道が替え玉であることを暴く美子と加寿子。しかし、彼らは予想もしなかった事実を知ることになる

豚《とん》児《じ》廃《はい》業《ぎょう》

乾《いぬい》 信《しん》一《いち》郎《ろう》

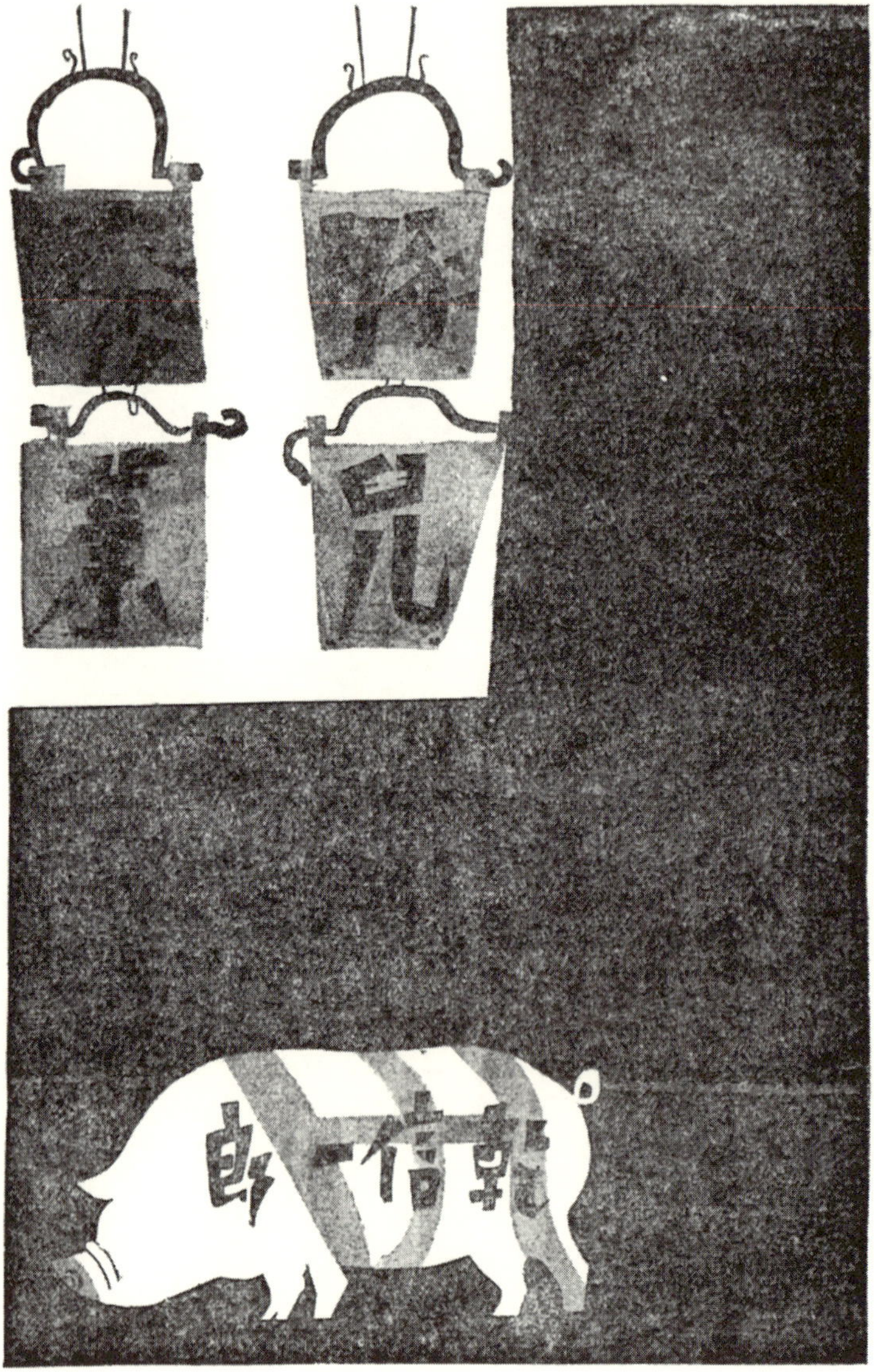

一、謙遜

「死んだ親爺が僕のことをよく「豚児《とんじ》豚児」ッて云ってたけど、ひともそう思うかなァ？」

「あら、「豚児」ッてのは自分の子供のことを他人様に謙遜して云う言葉じゃないの？」

「そうですかね？　僕の親爺《おやじ》は譲遜などと云う美徳をあまり知らない人間だったから、どうやらこれはほんとの意味らしかったです。」

「じゃ、ほんとの豚児かも知れないわ……」

「やっぱり、それじゃ僕ァ豚児なんだなァ」

と小島龍君《こじまりゅう》は下を向いた。

「でも、どうして今頃あんたそんなこと云い出したの？」とマキさんは慰めた。

「だって、マキさん、活動の方ばかり見ていて僕とちっとも話してくれないだろう？」

「仕方ないわ。あたし達活動見に来てるんじゃない？」

「そうです……」

「そんなら何も豚児だなんて、卑下することないと思うわ！……それより黙って見るものよ！」

「見てるんだけど、何だかチットモ意味がわかんないです。」

「シッ！　シッ！」とまわりの見物人が制止した。

「ほら、龍さん、みんながうるさいッって……」

隣にいるマキ嬢は気が気でない。が、そんな事に頓着《とんちゃく》する程小島龍君は修養を積んでいない。

「……この活動面白くないや。出ましょう。」

「まあ、今からが画白いとこじゃないの？」

帝劇《ていげき》の中である。今、映写中だから隣近所の連中から顔を見られる心配はないが、何にしても、マキ嬢は気が気じゃない。さっきから盛んにシッシッと制止の声が頻《しき》りである。

小島龍君は、それどころではない。マキ嬢が活動ばかりに夢中になっていて、隣りに坐っている龍君の存在などまるで忘れちまってる様子なので、何とかしてその存在を明らかにしようと、これつとめている訳なのだ。存在を認めたのはマキ嬢ばかりでなく、隣《となり》近所の観客も一緒だったから事が面倒となった。

「百姓《ひゃくしょう》！　うるさい！」

ひどいのになるともうこうである。「豚児」が認められて、「百姓」になった。

仕方がないから「百姓」になったまま、沈黙を守ることにした。隣りのマキ嬢はうるさいのがやっと黙ってくれて安心したらしく、もう夢中で映写幕《スクリーン》をにらんでいた。時々、感極《かんきわ》まるんであろう、ハアーッと溜息をついたりしてる。おやハンケチを出して頬《ほお》の辺《あたり》をこすり出したぞ。あらら、マキ嬢泣いてるんだな。と、龍君は映写幕の方はそっちのけにして専らマキ嬢の千変万化する表情の方を見物しているのである。

何がこうも彼女の血圧を高めたり、低めたりするんであろう？　と龍君は時々横向きから、正面向きになってスクリーンを見やったが、一向に面白おかしくもない西洋の男と女とが化物みたいに大きく顔だけ画面に現れているだけだった。

つまらなくなって、「ハー」と溜息をついたら、マキ嬢何と感違いしたのか、

「いいわねェ！　いいでしょう？」

と初めて龍君の方へ微笑《びしょう》してみせた。

途端に館内がパッと明るくなった。明るくなったと同時にそこら中の顔と云う顔が一斉に龍君達の方へ向いたのには驚いた。

「この野郎共だな、さっきうるさくしゃべったのは！」その顔という顔が異口同音にそう云ったツラだった。さすがの龍君も些《いささ》かてれた。目のやり場がないので、

「僕、はばかりに行って来ますよ。」と廊下へ逃げ出した。

廊下へ逃げ出した途端に、

「オイ、龍！」

と後から吐鳴《どな》られたにはいよいよドキンとした。「オイ、龍！」などとこの公衆の面前でなれなれし

く龍君を呼びつけにする奴なら、刑事か叔父さんに決まってる。だから、龍君は恐る恐る後《うしろ》を振り返ってみた。幸い、刑事ではなかったが、刑事より恐い叔父さんが立っていた。

「こんにちは！」と挨拶をしたら、

「こんにちは、とは何じゃ！　挨拶の仕方も知らんのか。」

と頭から叱られた。仕方がない、更《あらた》めて、

「こんばんは……」と挨拶のやり直しである。

そこらに一杯人がいる中で、挨拶のやり直しなどは甚《はなは》だ辛い。それで用が済んだと思ったら、

「近頃ちっとも顔を見せんと思ったら、こんな所へ始終潜《もぐ》っとるのか。」

と叔父さんは小言の方向を変えて来た。あたりの人がこの妙な取合せにジロジロと好奇の目を向け出した。反り返ってるのは、うすくなった白髪頭のオヤジ、その前に小さくなってるのは、そのオヤジよりずんと背の高い青年。——

「始終活動見てる訳じゃないです。今日は友人に誘われて来たんです。活動なんてちっとも面白くないですね。」

龍君は弁解のつもりで云ったのだが、

「面白くないかね、お前には。なかなか今日の写真は面白いと思うがね。」

と叔父さんまでマキ嬢のようなことを云う。

「そうですか」

「あのニュースの写真が面白かったわい。英国の豚の品評会の実況というやつ、よく撮れとったよ、感心したね！」

ニュースの中にたしかそんなものがあったような気もするが、何しろ相手は豚だし、どこがどういいのやら龍君にはちっとも判らなかった。

そう云えば、叔父さんは養豚狂《ようとんきょう》だった。豚の品評会ニュースを面白がる訳である。

「よかったですね、あれは。」

と龍君何となく相槌を打った。他に云い様もなかった。

「ウン、実によかった。わしンとこの奴なんかとはどうして格段の差があるわい。何を飼料にしとるんか知らんが、一等賞のヨークシャー種なんかと来たら全く震いつきたいくらいの出来だったね。」

「全くですね。」

何がヨークシャー種なのか判らんが、とにかく返事だけはしなくてはなるまい。

「わしンとこのも、ヨークシャー種だが、これは少々日本種が入っとるせいか、さっきの写真ほどには見事でない。」

「そうですかね、やっぱり……」

帝劇に来て、豚の話を承ろうとはさすがの龍君も想像だにしなかった。幸か不幸か、龍君が叔父さんの前でモジモジしてるところへマキ嬢がやって来た。

「こんなとこにいたのね！　ひどいわ、あたしだけ取り残して行っちゃって！」

「ウー、いや、ソノ……」

と龍君甚だ具合が悪いのである。

「じゃ、叔父さん失敬します。そのうち、豚を拝見に上りますから……さよなら……」

しどろもどろの挨拶をして、まだ養豚術の話をしたそうな叔父さんの前から逃げ出した。

「あれ、あんたの叔父さんなの！」

と、廊下の向うの隅まで来てからマキ嬢が聞いた。龍君は汗を拭き拭き、

「ええ」とだけきり物が言えない。

「龍さん随分小さくなってたじゃないの？　叱られたの？」

「うう……」

「捻ってるのね？」

「うう……」龍君汗ばかり拭いてる。

「失礼ねえ！」

「だって、豚が……」

「豚ですッて？」

「ええ……」

「ひどいわ！」

「だって豚が……」

どうも龍君おちつけない。友人には違いないが、相手が妙齢の女性、それと一緒に活動へ来てる所を叔父さんに発見されちまったのだから、龍君の慌てるのも無理はあるまい。

「女だ、結婚だというのは、仕事をみつけてからのはなし――二の次だ。」

と先日も叔父から叱られたばかりのところだから、ますます状況がよろしくない訳だ。

「豚が……」まで咽喉《のど》に出るが、それから先は無闇と冷汗が出るばかりで、声帯が用をなさんのである。

「ひどいわ！　サッキは映写中に、ガアガアおしゃべりするし、休憩時間になると一人でサッサと出て行っちゃって、あたしだけに恥をかかしといて、そいからそいから……豚だなんて、豚だなんて！……」

とマキ嬢終りの方はしどろもどろになっちまった。「ひどいわ！」ともう一度付け加えて、プイと出て行ってしまった。

龍君はただもう呆然とその後姿を見送っているばかりである。

畜生！　何しに帝劇くんだりまで面白くもない活動など見に来たのか訳が判らない。もとはと云えば、叔父さんなどが突然現れるからいけない――現れるだけならまだいい、事もあろうに豚の話なんぞするから事が滅茶々々になっちまったんだ！　チキショウ、豚めが、豚めが！

龍君は恐ろしく豚がうらめしくなった。

二、暴力

忌々《いまいま》しいから銀座《ぎんざ》へ行って、何でも関《かま》わず第一番に目についたカフェに跳込んで、呑めもせぬウイスキーを命じた。

「ウイスキーは何にいたしましょう？」

と妙な女給がいやに顔をすり寄せて、きいた。

「ウイスキーだよ！」と下戸《げこ》の龍君はすましている、「早くしてくれ！」

「え……でも、何かお好みの……？」

「……ウイスキーだよ、判んないのか？」

龍君そろそろじれったくなって来た。

女給君も諦めたと見えて、黙って引き下って行った。女給が引退ったところで、やっとあたりを見廻した龍君忽然《こつねん》として後悔した。ボックスが三ツに、丸テーブルが一つと云った恐ろしく小規模なカフェである。小規模はいいが、またとなく薄汚ない。今気がついたが、名前だけは盛大に大規模だ、曰く、

「カフェ・太陽」。

龍君が驚いてる真最中に女給がウイスキーを銀盆に運んできた。運んで来るまでにコック場でこんな会話が朋輩《ほうばい》の女給氏と交されたことなど、龍君の知ろうはずもなかろう。知ってたら化物だ——

「ヘンなのが来たわよ！」

「どうヘンなの？」

「あたり一面変なの！」

「へえ、でも、ヘンなんでも何でも近頃お客が来るなんて珍らしいわね。」

「そうよ。うんとカモッちゃいましょうよ。」

「だって、第一、カモれる代物なの？」

「大丈夫！　あたしの目に間違いなし。あれきっとどっかの坊ちゃんの端くれだわ。」

女給がテーブルに置くのも待たず、お盆からグラスを受取って、龍君一息にグイと呷《あお》った。ガソリンに石炭酸を入れてそいつを掻き廻した飲物があるなら、まさに今龍君が嚥下《えんか》したウイスキーがそれである。

「ミ、ミ、ミズをくれ！」

龍君猫イラズを呑んで死に損ねた自殺者の様な声を出した。

「はい！」

女給氏ただちに大コップ一杯の水を持って来たが、それと一緒に例のガソリン石炭酸水をもう一杯チャンと持って来た。

水を呑んで咽喉《のど》の中の火を消し止めて、それからまた「ウイスキーなるもの」をグイと呷《あお》った龍君、どうやらもう頭の芯の方で鶯《うぐいす》の声が聞え出した。

「畜生、ブタ奴！」

と吐鳴る自分の声がどこか遠い所でするような気がする。自分ながら「これはヘンだ」と思った。

「もうイッチョウ持ってこい！」で、また一杯。

「マキの豚奴《め》！」でさらにもう一杯。

「叔父が、豚を、何だ！」でまた杯《グラス》が重なり、

「おい、君は、ブタ好きか？　ウ？」

で、遂に龍君腹の中一杯に火が燃え出しちまった。目の前が高くなったり低くなったり、まるで船に乗ってる様な気持がし出した。

「いらっしゃいまし！」

前にいた女給が及び腰になってそう云った。お客が来たらしい。

「ここはインチキで有名です……」と客の一人が云いながらはいって来た。

「いらっしゃいましとは何だ！　俺はさっきから来てるぞ！」

龍君は感違いをしてる。

起ち上る拍子に、狭い部屋だから、今はいって来た客にドシンと突き当った。龍君の足元甚だ危っかしい。

「オイ！」と云ってやっと踏みこたえたその客、次には恐ろしくビックリした声で、「オイ！」の先に、

「……龍！」と付け加えた。

「オイ、龍！」など、小島龍君を呼び棄てにする奴は、刑事か叔父さんにきまっている。だが、この場合の龍君はもうそんな事を考える余裕はもっていなかった。刑事だろうが、叔父だろうが、ちっとも恐くなかった。

事実はこうである――帝劇で、昔自分が世話をしてやった男に龍君の叔父さんひょっくり出会った。四方山《よもやま》の話が、とうとう「ではまず一杯！」という事になって、その一杯を済ましたところで例の男が「面白いところに御案内しましょう」と誘い出して来たのが、この「カフェ・太陽」だった訳である。

「オイ、龍」

と叔父さんはもう一度怒鳴ってみたが、更に反応がないので、その先の小言は中止して、サテ今度は少々心配になった。で、肩をつかまえてゆすぶってみた。

「ゆ、ゆ、ゆす、ゆすぶる、とは、ううう、シ、シ、シ、シっけい、だぞ！」

とブランブランしてる手をいきなり叔父さんの顎《あご》の辺へ持って行ってグァン！　と叩きつけた。

「き、きみ何とかしてくれ給え」

と叔父さん逃げ腰になって、連れの男に援軍を頼んだ。

「御存じの方で？」と連れの男、龍君の首筋をつかまえて押さえつけてる。

「うん、わしの甥《おい》じゃ。」

「へえ、なかなかの御発展で……」

と連れの男はニヤニヤしながら、恐ろしい力で、龍君の身体を軽々と吊し上げて表へヒョイと放り出した。

「少し御酩酊《めいてい》になってますようで」と云ってる。

放り出されたまま龍君とうとう伸びちまった。

「面白いところへ御案内」されるつもりだった叔父さんこそ災難である。面白い目をみる代りに痛い目に会って、その上伸びた男を一人当てがわれちまった訳になる。これ幸いと「カフェ・太陽」にカモられたこと云うまでもない。

三、変事

自分のアパートの部屋にしては広過ぎると思ったら、それも道理、叔父さんの家だった。伸びてるままここへ運搬されて来たものらしい。窓から射す日の光が馬鹿に眼に泌みて、頭の後の辺が金槌《かなづち》で殴られるようにビンビンした。

「あのオ……御気分は？……」

と気が付いてみたら女中が傍《そば》についていて伺いを立てた。

「うん」と云ったが、その実御気分は甚だよろしくなかった。

「何か……」

「うん……叔父さんいるかい？」と龍君には第一それが気になった。

昨夜「カフェ・太陽」で、立て続けに、四杯目のウイスキーを呷ったまでは知ってるが、さてそれから先は世間の事はまるで判然しなくなったまま、今こうしてあたりを見廻してみると、叔父邸に寝ているのである。

どうもやはり、あのガソリンと石炭酸を混ぜ合わしたようなウイスキーがすべての犯人であるらしい。それにしても、どうして叔父の家へ来ているかが疑問だ。甚だ心配だ。帝劇の廊下でまずい所を発見されてるし、実に気が気じゃない。

「ゆっくりやすませとけ、とおっしゃって旦那様はお出かけになりましたけど……」と女中が報告した。

ゆっくりなぞ寝ておられるかい、事の顚末を明かにした上でなくては気味が悪い。

「どこへ出かけたんだい？」

「アノ……豚舎の方へおいでになりました。」

という女中の返事である。

とにかく、普通事《ただごと》ではない。時計を見ると、もう十一時。

「僕ゆうべ何かしたかい？」女中に鎌をかけてみた。

「昨夜でございますか？」

と女中の奴不審気《ふしんげ》な表情をするので、

「うん、昨夜だ。何か僕やりゃしなかったかい？」

「いいえ、別に何もなさいませんでしたようで……とてもよくおやすみの様子でございました。」

「そうかね？　で、何時《いつ》頃僕ァここへ来たんだっけね。」

「昨夜でございますか？」と女中がまた妙な顔をした。

「どうしたんだ、さっきから一々昨夜でございますかッて聞き返してるが……？」

「でも、昨日中はずっとおやすみになった儘《まま》でいらっしゃいましたよ。」

「昨日中？」

「ええ」

「僕がかい？」

「はァ」

「どこで？」

「こちらでございますわ。」と女中いよいよ変な顔付をする。

「ここでねエ？」

龍君独言《ひとりごと》のように云ったまま考え込んじまった。

「もっとおやすみになっていらっした方がよくは御座いませんか？」と女中が心配した。

「でも、変だよ。」

「何が変でございますか？」

「みんな変だよ。今日は何曜日だい？」

「水曜日でございます。」

「たしかかい？」

「え、何なら暦お持ちしましょうか？」

「それで、歩いて来たかな、それとも、自動車で来たんだっけ？」

「寝ていらっしゃいましたよ。」

と女中は一生懸命笑いをこらえている様子である。

「寝て来たァ？」

「はァ」

「どうやって寝て来た?」

「旦那様とお連れの方に担がれて、寝ておいででした。」

「ウワッ!!」

と云ったまま、呆然《ぼうぜん》たる女中を後に残して、龍君はいきなりとび出した。

靴も穿《は》かずに、玄関から表へとび出して行った。

四、豚舎

何が住んでるかと思うくらい瀟洒《しょうしゃ》たる白塗りのバンガロー式建物――前に広々とした雑草地帯を控えて、全体が午後の太陽に照らされていとものどかな景色を呈している。

これは龍君の叔父さん小島賢次郎《こじまけんじろう》氏の自慢の豚舎である。近くにある氏の屋敷も相当な建物だが、どうかするとこの白塗りの豚舎の方が立派に見える。さすが自慢だけのものはある。郊外と云っても近頃大分開けて来たいわゆる田園都市式の一区画である。

いくら豚舎は白塗りで、掃除が行き届いていても、豚は豚だ。近所の住民が「くさいくさい」と云って、しきりに小島賢次郎氏宅の移転勧誘につとめるが、いっかな賢次郎氏は動こうとしない。この土地の雑草及び土質が大へん豚の健康によいと云うのである。

殺して食うでもない、子を殖《ふや》して市場へ売り出すわけでもない。ただもう丹青《たんせい》して育てて、肥って行くのを眺め、児を産んだのを、自分が子供を産んだように喜んでいるだけだ。

一般世間の人が、猫や、犬や小鳥を飼って育てている気持が、まさに小島賢次郎氏の養豚心理と同じである。

時々、養豚業者仲間の養豚品評会がある。これには必ず小島賢次郎氏出品豚の一頭二頭が鼻を鳴らしていない例がない。賞にはいると、吾子《わがこ》が異国でオリンピック大会の賞を得たほどにも喜び、落選すると親の急死に出会ったような悲嘆にくれる、という、これはマニアである。その通り、みんなが「豚気狂い」だと称している。

そんな、人の悪口《あくこう》など気にする賢次郎氏でない。

「大体、日本の豚は飼い方が乱暴じゃ。」とおっしゃる。

「へえ?」などと相槌でも打とうものなら事態たちまちにして悪化してくる。

「大体、君等は豚と云えば不潔極まりなき奴、汚いものの標本ぐらいに考えとるからいかんのだよ。」

と火蓋が切られる。

そこで、氏を知る限りの者なら、

「そうですかねェ。おッといけない！　私他に用事を控えてますので、これで失礼をさして頂きます、さよなら！」

とばかり、一目散に退却して終うのが慣わしになっている。知らない奴はけだし災難だ。

「そうですかねェ！　豚なんてものは汚なくしとく方がいいとか聞いてますが……」

と、今日も新しい被害者が豚舎の中をあちこちと案内されながら、さて今から小島賢次郎氏の御説教を聞く訳である。

「冗談云っちゃいけません。豚は何より清潔を好む動物でしてね……」

「なるほど、道理でこの豚舎もなかなか綺麗ですねエ。」

「これでもまだ行き届かんくらいのもんですよ。今のところ係の者が二人ですが、手不足の感があるんで、三人ないし四人にしようと思っとる所です。」

豚舎の中はもちろん、そのすぐ前に柵で囲われた運動場様の地肌の出た所まで、それこそ野球のグラウンドくらいに綺麗だ。糞一つ落ちてないし、飼料を与える槽《おけ》も立派に洗われるとみえて、泥などまるで付いていていない。

客が「へえ！」と感心した所を、賢次郎氏はすかさず、

「しかし、豚という奴は非常に頑健でしてね、たとえ塵箱《ちりばこ》みたいな汚い所に置いても、まず大丈夫健康を保って行くもんです。ただし、優良なる豚には、こういう風では決してならんですね。それを人間が誤解して、豚は汚い所が好きだなんて豚にとってはとんだ迷惑千万な濡衣《ぬれぎぬ》を着せられちまった訳ですよ。」

「なるほど、へえ」

「近頃では大分《だいぶん》この点も一般に認識されて来て、わしも大変満足に思ってますが、どうしても、豚の優良種を作るためには、まずわしは清潔なる豚舎だ、と云いたい。その他飼料、場所、等々、色々とやかましく云えば沢山あるが、とにかく今も云った通り清潔なる設備のよい豚舎が第一じゃ。」

と賢次郎氏の口調がどうやら、この辺で講演調になって来る。新らしき被害者も、ここらで、やっと、「これはたまらん」と後悔を始めるのである。

「なぜ、しからば、優良なる豚を斯《か》くまで苦心して拵《こしら》え出すかと云うことですな、君知ってますか？」

「どうも浅学《せんがく》でして……ええ……」

「そもそも豚というものは、生きてるうちは大した事はない馬や牛になると、いろいろ労働に使われとるが、豚はそう云う訳に行かん、ただ糞尿《ふんにょう》生産器じゃね。ところが、こいつを一度屠殺《とさつ》すると大へんなことになる——第一、肉はトンカツだの、ポーク・テンダロインだの、そのまま調理して食べる。あんたも食ったことがあるじゃろう？」

「イヤ、私、豚肉はあまり好まん方で……」

と、客いささか尻ごみをする。

「それゃいかんな。今晩はぜひうちのを御馳走するとしよう。他のと違う。……で、肉は今の通り、調理して食う外《ほか》にハム、ベーコン、ソーセージなどにして、イヤ、まだある、塩豚、缶詰にして保存食料品に出来るて。それから、その脂《あぶら》の用途がまた大したもんだ。第一、ラードは君も知っとるじゃろうが、料理用に大切な脂だし、それから君、この脂から化粧品やら薬までできるんだよ。」

「へえ！　ところで……」と客は退却準備にとりかかったが、賢次郎氏はこうなると得意である――

「それから毛だ。こいつはブラッシになる。豚の背中の毛と来たら上等ブラッシの原料なんじゃよ。油絵具の筆なんども専ら豚の毛だ。ミレーもゴーギャンも豚の背中のお蔭で傑作を書いとる勘定になるね。次に皮、こいつはなめしてそれこそ実に種々雑多な物になる、靴だの鞄《かばん》だの馬具《ばぐ》だの……それから……」

「アノ……」

「何じゃね、まあゆっくりし給えよ……それから、骨は細工して櫛だのナイフの柄だの、その他になるしさ……君、実に豚は貴いもんじゃ。だから……」

ここまでおしゃべりが続いて来た時である――お客には実に幸運にも、屋敷の方から女中がとんで来て、

「アノ……旦那様！」

と云ったきり、呼吸が乱れて後が続かない。

「ど、どうした？」

「アノォ……龍様がおかしいんでございます！」と報告した。

「龍がどうしたッて？」

「御様子がおかしいので……」

「また、乱暴したのか？」

と賢次郎氏は一昨日龍君に殴られた顎の辺を撫《な》でている。

「いえ、ただいま、靴もおはきになりませんで、ウワッと云って外へとび出しておいでになりましたので……」

「うーん、おかしいね、どうも。……それで、眼はさめとったのか？」

「ええ、洋服を着て、いろんな事を私にお訊ねになりまして、急にウワッとおっしゃって飛び出しておいでになりました。」

「フンフン、で、お前にどんな話をしたんじゃね？」

「いろんな話をなさいました。」

「いろんな、どんな？」

「何でも、何もかもみんな変だ変だとおっしゃいますから、私が何が変でございますか？　とお聞きしますと、今日は何曜日だ？　と突然お訊ねになったり、それから、旦那様にかつがれておいでになった事など申上げましたら、どう云うんですか、急にウワッとおっしゃったきり、玄関から靴もおはきになりませんで、表へ、とび出しておいでになりましたんで……」

「なるほど、少々変だと云えば変じゃな。」

「なんとも相済みません。」

「お前があやまるこたァない。で、それからどこへ行った」

「さあそれは、……何しろ御様子がおかしゅうございましたから、私早速旦那様へ御知らせに参りましたので……」

五、策略

「おーい、居るかァ?」

「いるよ、はいれよ。」

最初に怒鳴ったのは小島龍君で、それに答えたのは、友人の野毛道夫《のげみちお》君である。ここは小島賢次郎氏邸から大分遠い本郷《ほんごう》の下宿屋である。

玄関から案内を求めるのは面倒だから、道路からいきなり二階の部屋に呼びかける習慣になっている。

「上って来いよォ。」と二階からまた声が掛った。

「ウン、今上るけど、水をくれよ。」

と下から龍が怒鳴り返す。

「水？」

と云ったと同時に二階の窓からロイド眼鏡の首が突き出た。「なァんだ、君、裸足《はだし》じゃねエか！　どうしたんだ？」

「だから、水をくれ。」

「水はやるから、とにかく上れ。表の勝手口で足を洗えよ。」

勝手口で足を洗った龍君、野毛君の部屋まで、廊下にベタベタ水の足型をつけながら上って行った。

「どうしたい？　裸足なんかで」

「まあおちつけ」と龍君主人みたいなことを云う、「どうだい君の方は？」

「相変らず、上役にこき使われている。君なんざ、ブラブラしていていい身分だよ。」

野毛君は龍君の級友だが、学校を出るとすぐ現在の勤先《つとめさき》海川《うみかわ》土木組《どぼくぐみ》にはいった。

「とにかく腹が減った、何か食わせろよ。」

龍君暢気《のんき》なようでも、腹が減ると飯が食いたくなるらしい。

「よしきた俺も会社から帰ったばかりだ、下宿の飯を一緒に食おうよ。」

「何でもいいから食わせろ。腹が減った。」

と下腹の辺をパタパタ叩いてみせた。

「で、一体何だい？　裸足なんかで駈《か》けこんで来て？　一大事件か、例の？」

Ry

野毛君はかつて龍君が丸見マキ嬢と知合になりたての頃、隔日くらいに龍君に跳込まれた苦い経験を持っているのである。

「一大事件だ！」と云って血相変えてやって来るので、「どうした？」などと野毛君もちょいと真剣になって話にのると、「今日は彼女と十二分間話をした！　君十二分間だぜ！」などという「一大事件」だったりするのである。だから「一大事件」には、野毛君タコができてる。今日は先に予防線を張ったつもりだったが、

「ウン、一大事件なんだ！」

と龍君の切出し方は十年一日だ。

「今度は、彼女から手紙を貰った！　なんてのかい？」

野毛君は冷《ひや》かしにかかった。

「そんなんじゃない。……飯はまだか？……」

「今来るよ、話の方を早くしろよ。」

「今度こそ一大事件だ。まあ聞け。……とうとう彼女を怒らしちゃったんだ！」

「とうとうじゃあるまい――初めッからだろう？」

「もとはと云えば、豚がいけないんだ。」

「豚？」

「うん、豚さ。それがただの豚と豚が違うんだ。」

「何が何だか君の話は順序が立ってなくて判らんね。チャンと頭の方から順に、おちついて話してみろよ。」

「よし、待て。今飯を食ってから話す。」

女中が運んで来たお膳をひったくるようにして龍君は立て続けに三杯お代りをした。

四ツ目のお代りをしたところで、

「……サァ、話すよ」と見得《みえ》を切った。「俺の親爺代理の叔父が豚気狂いなのは君も知ってるだろう？そもそもの間違いのもとはこの豚なんだ……」

「へえ、豚がどうかしたのか？」

「豚はどうもしないけど、俺が大へんな目に会った。マキさんと俺と並んで活動みてたんだけど、マキさんあんまり俺のこと忘れたみたいだから、ちょっと注意を喚起してやったんだ、するとまわりの奴等がうるさいとか何とか云う騒ぎでね。つまり、彼女は私に恥をかかしたと云うんだ。それだけなら豚は出て来なくて済んだんだが、間の悪い時ッてあんなもんだね、廊下に出ると、ひょっこり叔父に会った。そしてまた例の豚の話さ。腐ってるところへ、マキさんが現れちゃったから俺はすっかり狼狽《あわ》てちゃってね。――職を探してるはずの俺が女なんかと一緒に活動見に行ってるんだろう――叔父から何と云われるか知れないんだ。うまく叔父の前を逃げには逃げたけど、マキさんの前で、しどろもどろにきゃ口が利けなくってね、とうとう彼女怒って帰っちゃった始末さ。」

「それでまた俺に片棒かつげかい？」

「まだ先があるんだ、聞けよ。そんな事になっちゃったんで、いささかムシャクシャして、「カフェ・太陽」で呑んじゃった」

「それでどうなった？　ベロベロと相成りの留置場に一晩御厄介になりの口か？」

「……ならまだいいんだ。」と龍君はお茶を一口呑んで「その後がどうもよくないらしいんだよ。」

「らしいとは変じゃないか？」野毛君はゴロリと横になってバットに火をつけた。

「大いに変だよ。俺にも判らない。」

「一体どうなるんだい、君の話？」

「それが判らないんで、ここへ来たんだ。」

「……？」

「とにかく、うんと酔払《よっぱら》って、他のお客に喧嘩らしいものを吹っかけたまでは知ってるが、その後がアイマイモコとして何が何だか判らなくなって、今の先、判るようになってみると、吾輩チャンと叔父の家で寝てるんだ。傍にいた女中にいろいろ訊問を試みてみたら、どうやら俺は一昨日の夜中から今日までぶッ通し眠ってたらしい勘定になる。しかもだよ……」

「うん」

「俺を運んで来たのが、叔父だというんだ。」

「それゃ困るだろう。」

「困るよ。第一、小遣に困る。叔父が俺の後見人と来るからなァ。」

「……判ったよ！」

「何が？」

「顛末がさ。」

「どう判ったんだい？」

「……カフェで他の客に君は喧嘩を吹っかけたと云ったね、それだ。その客が叔父さんに違いない。とすると、君ァ酔払っての上とは云え、叔父さんに乱暴を働いたかもしれんぞ。」

「そうだな――弱ったね。」

「職にはありつけんし、女と遊び歩いとるし、夜になると、インチキ・カフェでくだを巻いた揚句が実の叔父さんを殴ったり（殴ったかどうか判らんけどさ）で、君もう駄目だぞ。」

「そう、それなんだ。もうアパートなんかに住わしておけん、わしの家で謹慎してろ、なんかと来た日にゃ青菜に塩だ。」

「青菜に塩たァ何だい、自分で。」

「困るんだ、何とかならんかね？　智恵をかせよ、智恵を。」

六、頓死

甥の龍が様子が変だと聞いて、その実甚だ気に喰わん奴とは思いながらも、小島賢次郎氏は、やはり心配になって、まず龍君のアパートを訪れてみた。

管理人に聞くと、一昨日出たまままだお帰りにならん様子だという。いよいよ変である。

「すまんが、わしは龍の叔父だが、その部屋をちょいと開けてみてくれんですか。」

と賢次郎氏は管理人に頼んで、龍君の部屋を開けて貰って中にはいった。部屋は恐ろしく乱雑で、掃除もしないらしく汚かったが別にその他は異常ないようである。

ただ一つ、賢次郎氏の目をひいたのは机の上に額に入れて飾ってある綺麗な若い女の写真だった。どこかで見たような顔である。考えてみたが、思い出せない。なおも懸命に考えたらそうだ、とうとう思い出した、こないだ帝劇で龍の奴と一緒にいた女がこれだ。

どう云うつもりか、賢次郎氏はその写真をポケットにねじ込んで部屋を出た。――それと一緒に、机の抽出から龍君の知人名簿《アドレスブック》も持った。これで一々知人友人にでも龍君の行方を照会するつもりだろう。

とにかく、一応家へ帰ってそれぞれ電話をかけるなり、電報を打つなりしてみよう――そう思って賢次郎氏は自宅へ帰って来た。

玄関にはいると、いつもなら女中がお迎えに出て来るはずなのに、今日はどうしたことか、豚舎係の川田《かわた》青年がとんで出て来て、何だかひどくしょんぼんだ様子である。

「どうしたんだ?」と賢次郎氏問いかけた。

「それが……」と川田青年何やら言い淀んでいる。

「何かあったのか?　龍の消息か?」

「いえ「寿《ことぶき》」号がその……」

「ナニ!　寿がどうした!?」

と今度は賢次郎氏がグンと緊張した。

「寿」号というのは、賢次郎氏一番の愛豚で、これまで幾多の養豚品評会で再三一等賞を獲得した優秀豚である。これはヨークシャー種に日本種のはいった奴で、賢次郎氏にとっては、それこそ命から二番目に可愛いい存在なのである。

朝起きると、何をおいてもまずこの「寿」の頭を撫でなくては、その日一日が面白くないというから、よほどの愛着振りである。

その「寿」がどうかしたらしいのだ。賢次郎氏が血相変えたのも無理でない。

「先程、私がちょっと放牧場から主屋の方に用がありまして参りました隙に……」

と川田青年が下うつむいて話し出した。

「うんうん」

「ハア、その、帰ってみますと、放牧場の方へ出してあった「寿」が、草の上に寝てるんで御座います……」

「ウン」

「それでソノ」と川田青年は頭を掻いた「寝るなんておかしいと思って、傍《そば》へ行って見ますと……」

「ウンウン」賢次郎氏はひとりで唸っている。

「行ってみますと、……実に、私も驚きました。ハア……」

「ああ……」

川田青年の話がもどかしくなったのか、賢次郎氏は玄関からそのまま豚舎の方へ歩き出していた。狼《あわ》狽《て》て、川田青年もその後を追いながら、

「……虫の息になって居りますんで……」

「なに!?」と、賢次郎氏はもう駈け出していた。

「相済みません、どうも……」

川田青年も走りながら、しきりにあやまっている。

「……それで「寿」は今どこにいる?」

「そのままに旦那のお帰りを待ちましたんでして……」

「なぜ医者を招《よ》ばんか!?」

「へえ、それがその、もう手遅れでございまして……」

「なに、手遅れ？　駄目か！」

二人はもう「寿」がグッタリとその巨体を横たえている放牧場まで来ていた。

賢次郎氏は無言で、「寿」号の横ッ腹へ耳を持って行った。心臓はもうコトリともしていなかった。

「……死んだか……」

と独言のように、うらめしげな声だった。紫色になった舌をダラリと出して、名豚「寿」号は瞑目《めいもく》している。

はたでみたら全く気狂い沙汰であるが、当の賢次郎氏にしてみれば、龍君の様子が変になって行方が知れなくなった以上の一大事件である。死せる豚の前で、涙を流している賢次郎氏を、読者よ、徒《いたず》らに笑いたまうな。……

しばらくして、川田青年が云い出した。

「どうもしかし、旦那、これは変だと私思いますが……」

「うん、おかしい、確かにおかしい。」

「何しろ、ついさっきまで元気だったんですし……」

「近頃、ずっと健康状態はよかったはずじゃろう？」

「はァ、相変らず食欲旺盛で、もちろん、病気らしい様子など全然ございませんでした。」

「そうだったね。」

「ええ、それが斯う頓死《とんし》するなんて、どうも少々怪しい筋があるように思われます。」

「そうだ。たしかに怪しい！　毒殺されたんじゃなかろうか？」

「何とも判りませんね。」

「違いない、これゃ毒殺だよ。「寿」の名声をねたむ奴が大分近頃いたでのう……」

「左様でございます。」

「ところで、今思い出したが、先刻の客人はどうしたろう？　龍の事に夢中になってとび出したもんだから、すっかり失念して行ったが。」

「すぐお帰りになった御様子でした。」

「今考えてみると、どうもあの客人にはおかしな点が大分あったのう。」

「へえ？」

「……あれは、知人の紹介で初めて会った男だが、そうだ、大体あの男何用で来たのか、とうとうわしは用事を聞かず終いだったな。それに、あの男、進んでわしの豚舎を見せてくれなど向うから言い出した――これはおかしい事だ。そのくせ、豚の事などまるで知らん男だった……」

「なるほど……」

「そうそう、今思い出したが、あの男豚肉は嫌いだとまで云っとったよ。そいつが豚舎を見せてくれなどと云い出したのは、君怪しいとは思わんかね、川田君？」

「そういう事があれば、さようですな、おかしいと思います。」

「あいつ、養豚業者の廻し者かも知れんて。」

「ハァ。」

「それはまあとにかく「寿」の始末をせにゃいかん。ここに、放っといては可哀《かわ》いそうじゃ。」

「左様でございますね。」

「今夜はお通夜をしてやってな、明日火葬にしてやろう。放牧場の一隅に立派に葬るんじゃ。」

で、その夜は生前の「寿」号の豚舎には珍らしく蠟燭《ろうそく》の火が一晩中ゆらめいていた。巨大な白木《しらき》の棺の前には、生前「寿」が好きだった水々しいキャベツが白木の三宝《さんぽう》に積まれて供えてあった。

その白木の棺の前に賢次郎氏は端然と、坐って、何やら懸命に考え込んでいる端《はた》で、川田青年ともう一人の豚舎係の男が、コクリコクリと居眠り中である。

七、運動

「おい、龍ちゃん。」

「ああ」

「君の叔父さんとこから電話が掛ってきたぜ。」

「え？　叔父から？」

と龍君首を亀の子のようにすッこめた。

「ああ、龍がそちらへ伺わなかったでしょうか？　ッて云うんだがね、何と返事しよう？」

野毛君は送話口を掌《て》で押えている。

「いないいない！　ぜんぜん知らんと云えよ！　俺を呼びつけて叱るつもりにきまってんだから。」

「よし……」と野毛君電話器に向って「あ、もしもし大変お待たせしました。ソノ……僕んとこには来ませんでしたようで――で、留守中に来たかどうか、女中さん達にも聞いてみましたが、誰も知らないと云うんです。龍君がどうかしたんですか？（と小島君の方を向いて舌を出してみせた）……ハアハアなるほど……ウワッと云ってとび出したまま、どこに問合してもいないんですか……ヘエ、そうですか、なるほどハァハア、……そうですね、……ハアハア、承知しました、こっちへ来ましたら早速そちらへ御電話致しましょう……は？　あ、そうですか。かしこまりました。え？　そちらは、吉祥寺《きちじょうじ》の三百三番、あそうですか。承知しました。さよなら。」

野毛君は一人で合点しながら電話を切った。

「何て云ってた？」

と龍君もさすがに気になるらしい。

「何だか変なことになってるらしいぜ。」

「何が?」

「君一体何をやらかして来たんだい?」

「何もして来やしないよ」

「何だか、君の様子が甚だ変なので、ひょっとしたら職のないのを苦にして、神経衰弱が嵩《こう》じ、少々頭に来たんじゃないか、と云った心配をしてるらしい様子だったよ。」

「俺が頭に来たって? 頭に来てるのは叔父の方だよ。豚に夢中になって、少々頭が変なんだ。」

「それにしても、叔父さんの方にしてみれば、本気になって君の頭を心配を(ママ)してるんだ。何とかしなくちゃいけないね。」

「それもそうだ。じゃ、昨夜組み立てた計略と結びつけて、ひとつ、一気にやっつけちまうことにするか。」

「それもよかろう。そうなると、昨夜の計画が却《かえ》って今度はやりよくなるじゃないか。」

「そうだ、占め占め」

二人の間にどう云う計略が存するか知らないが、やがてして二人は連れ立って、本郷の下宿を出た。

残暑の街は暑かった。電車にゆられ、省線《しょうせん》で蒸され、吉祥寺奥の小島賢次郎氏宅へ着いた時分には、二人共汗ぐしょになっていた。龍君の胸中甚だ隠かでない。彼女マキさんの件、先夜カフェに於ける件、そして新問題たる「頭」の件、これを一括して解決し、首尾よく叔父さんのツムジを直そうと云うのである。胸中穏やかならざるは小心のせいでない、武者ぶるい、腕鳴りに類する。

「龍です……叔父さんいますか？」

取次に出た女中が先日の女中だった。龍の顔を見て、珍らしそうに黙って眺めるのである。

「叔父さんいるかい？」

と、もう一度云ったら、思い出したように、

「はァ、裏の豚舎の方にいらっしゃいます。」と云う。

裏へ廻って豚舎の方を見ると、放牧場の片隅に人群《だか》りがしていて、何やら坊主らしい服装のもその中に混り、読経の声まで聞えて来る。様子がおかしい。

近づいてみたら、「名豚《めいとん》　寿号之墓」と墨痕《ぼっこん》鮮やかに記された四角な棒杭《ぼうぐい》を中心に豚舎係や坊主や書生や、それに叔父が一きわ粛然とモーニングの腕に黒布を巻いて立っていた。

名豚寿号のことは龍君も知っていた。それが死んだものらしい。とにかく、この際だから神妙にしていよう——と龍君と野毛君黙って仲間にはいって坊さんのお経を聞いている。妙な所へ乗り込んで来たもんだ。

坊主の奴、真面目腐ってお経を読んでやがる。人間に聞かすお経も豚に聞かすお経も同じとみえて、別に普通のと変りない調子である。「寿」号地下で何と思ってるだろう?

それより、立ってお経を聞いてる中《うち》に、龍君お供物の果物が食いたくなって来た。人間という奴、変な時に変なことを思うものである。隣りに立っている野毛君は神妙に目をつぶってるから、おとなしくほんとにシンミリしてるのかと思ったら立ったままどうやら居眠りをしているらしい。

龍君が横から肱《ひじ》でこづいてやったら、「ウン」と云って、あたりをキョロキョロ見廻した。今日は野毛君の公休である。

その中、やっと式が終った。

式が終った所で、龍君は悄然《しょうぜん》たる叔父さんの前に出た。

「今日《こんにち》は……」

「やァ」と云ったきり、叔父さんはスタスタ家の方へ歩き出した。仕方がないから龍君も野毛君もその後からくっついて行った。

「こっち来い。」

と二人は応接間へ通された。

一応、野毛君の自己紹介が済むと、何となく白々しい雰囲気になっちまった。

「アノ……叔父さん……」

と龍君恐る恐る計画の一端にとりかかったが、

「ウン、龍、お前わしが判るか?」と賢次郎氏から逆襲されちまった。それを引きとって野毛君、

「実は、龍君大変恐縮してるんです。決して、神経衰弱が嵩じてどうのと云うんじゃありません。非常に健康なんで。」

「ほう!」と賢次郎氏は妙な音を立てた。さすがに安心したものらしい。

「叔父さん、「寿」が死んで大変ですね。」すかさず龍君が虚《きょ》に乗じて、賢次郎氏の胸をついた。確かに手応えがあった。

「うん、可哀そうなことをしたよ。折角の丹青《たんせい》が水泡《すいほう》じゃ」

と暗然とする。

龍君笑いたくなって来るのをやっと押さえて、

「全くですね! あれは今年で幾歳《いくさい》でしたッけ?」

「そうだ、今年で四歳だったなァ。」

と叔父さんは感概無量の態である。

「すると、もう相当の年ですね。」

「いやいやまだ死ぬには惜しい年だよ。それも自然死なら諦めもつくが、頓死だから諦められんよ。」

「はァ、何か悪い物でも食ったんですか?」

「うん、不自然物を食ったんだよ――イヤ、食わされたらしい。」

「へえ、するとつまり殺されたんですね？」

「まずそうとしきゃ思えんね。何しろ、近頃ずっと健康状態は上々だったし、飼料はことさらに注意しとる事だしね……どうもやはりわしの飼養しとる豚の優秀なのをねたんで、何者かがこの様な残酷な真似をしたもんらしい……」

「そうですかねエ？　ひどい奴がいるもんですね。探し出して何とかしてやりたいですね。」

「そうじゃそうじゃ。実際癪《しゃく》に障る奴だよ！　実を云うと、今のところ一人怪しい人物の心当りもあるんだが……」

と賢次郎氏、先夜カフェ・太陽で龍君に殴られた事やら、帝劇でマキ嬢と一緒にいたことなど、すっかり忘れているらしい。豚の話となるといつもこうである。

それが野毛君と龍君の計画の中心だった訳でもある。

「へえ、そうですか？　その人物は何者ですか、一体？」

と今度は野毛君が代って相槌役をつとめた。

「わしの所に人の紹介で来た男だが、どうもそいつが怪しい――養豚業者《くろうと》の廻し者らしいんだ――」

「なるほどね。……で、その「寿」号が食わされた不自然物と云うのは何ですか？」

「……それがね、どうした手落か知らんが、放牧場の片隅に生薑《しょうが》と唐辛《とうがらし》が生えていてね、そいつを食ったらしいんじゃ――イヤ、食わせられたんだな。」

「ははあ」と野毛君はいかにも深酷《しんこく》に頭を振りながら、「生薑やら唐辛は豚に毒なんですか?」

「毒だとも君、現に「寿」号がそれでやられましたじゃ。……どうも考えてみるにですな、これは偶然放牧場の隅に生えていた生薑に唐辛を、殺す目的を持った人間がもぎ取って無理にも「寿」に食わせたもんらしい。大体、豚という奴は非常な健啖家《けんたんか》なことはあんた方も御承知じゃろうが、わしのところでは充分にうまい飼料を与えてるし、放牧場の雑草だって非常に豊富なんだから、何もわざわざ唐辛や生薑を食う理由がないのだよ――」

「そうですね。全くのところ……」

「全くのところ、そうだよ。もとも、豚という奴は自分に毒な草類でも平気で食う事があるが、うちの「寿」ごとき名豚がしかも他に豊富な食料を持ちながらそんなものを食うというのはどう考えてもおかしいよ。」

「おかしいですね、それは。で、他の豚達は健在ですか?」

と今度は龍君が口を出した。叔父さんの豚の健在なんぞ気にしたのは今日が初めてである。

「うん、今のところみんな丈夫だが、こういう事があると心配でね……」と叔父さんは額に皺《しわ》を寄せた。

「それゃそうですね。及ばずながら僕等もひとつ何かお役に立つ事があればやりますが……」

龍君が奇特な事を申し出た。

「イヤ、その心配には及ばん。昨夜来、豚舎の方は大いに警戒を厳重にしたから、もう万々《ばんばん》間違いはあるまいと思う。」

「は、そうですか」と龍君ちょっと何やら躊躇していたが、野毛君から小突かれて、「アノ話は違いますが……僕先日カフェで何か失礼をしやしなかったでしょうか？」

恐る恐る申し出た。今まで豚の御気嫌を伺ってたのはこれの前哨だったらしい。今やっとの事で本論まで辿《たど》りついた訳である。

「そうじゃ、すっかり忘れとったが、龍、お前どうしたんだあれは？」

と叔父さん更めて殴られた顎を思い出した。

「どうしたんだか、自分でも判らないんで、弱ってるんです勘弁してください。今夜から豚舎の番をやりますから。」

「イヤ、お前なんぞに豚舎番など出来るもんでない。それはそうとお前まだ仕事は見つからんのか？」

と、そろそろどうやら計画が藪蛇《やぶへび》になりそうである。

「は、まだ見つからんですが、豚舎の番くらいは僕にもできると思います。」

龍君懸命である。豚舎係を申出るくらいだから余程の決心をしたものらしい。

「お前にはできんよ。その心配はせんでよろしいから、せいぜいいい仕事口を探すんだね——それにお前もそろそろ身を固めんけりゃいかんし……」

龍君ドキンとした。先日の帝劇の件を云い出されたら事態よろしくなくなる。せっかく、これまで骨折って豚の気嫌を取り結んで、叔父さん懐柔に成功しそうな大切なところなんだ。

「叔父さん」と突然龍君が云い出した。

「何だね?」

と叔父さんもうっかり釣り込まれてしまう。

「叔父さんの豚舎見せていただけますか?　野毛君もぜひ一度拝見したいと云ってます。」

進んで豚舎を見学しようというのである。龍も大分近頃は世間慣れてきたわい、と賢次郎氏内心嬉しかった。野毛君と龍君は賢次郎氏御自慢の豚舎を表面上大いに喜んで案内して貰った。賢次郎氏は得意である——通風《つうふう》の具合かどうだの飼料槽がどうの、と実にうるさい説明を嬉しそうにやる。

賢次郎氏は甥の龍が豚をほめてくれるので、無闇に可愛くなってきた。「俺の銀行に雇ってやるかな?」そんなことまで考えていた。だが、豚舎係の川田青年だけはどうしたことかこの二人の青年が豚舎を訪問したことを面白からず思っている様子である。うさん臭そうに龍君と野毛君の態度ばかりに目をつけていた。

二人が帰った後で、川田青年は賢次郎氏をつかまえて、

「今のお方、旦那様の甥御《おいご》さんで?」ときいた。

「そうじゃ。仕様のない奴でね……」

「すると、もう一人の方は甥御さんのお友達なんですね？」

「そう。――だがお前、何でそう戸籍調べを始めたんだね？」

「へえ、それがその少々おかしな事がありますんで……」

「おかしいとは何じゃ？」

「いえ、二人の御様子がどうも少々おかしいと、失礼ながらお見受けしましたので――」

「何をいう！　あの二人に限って、何もそんな怪しげな男とは違うんだ……「寿」号が殺されたんで、お前の方が少々神経過敏になっとるんじゃろう。だが、二人の様子が変だったちゅうのは、何かソノやったんか？」

「いえ別に何をなすった訳でもありませんが、時々お二人互いっこに小突き合ってはニタニタ何やら意味ありげに笑っていらっしゃいました、はァ。」

「ナニ？　わしの蔭《かげ》でだな？」

「ええ」

「ウン、何にせよけしからん。……そう云われてみると段々おかしな節があるわい。第一、いつもならわしが豚の話でも始めようもんなら、何とか口実を設けて逃げる奴が今日に限って、豚の安否を気づかったり、豚舎を見せてくれだのと……そうじゃ、考えてみるとおかしいなァ……」

「でも、甥御さんがまさか……」と今度は怪しいと云い出した本人が反省した。

「イヤ、甥だ叔父だの問題じゃない。龍のことだから何をやるか判ったもんじゃないよ。わしが豚飼い道楽をやっとるのを、何かの都合で具合悪く思うようになり……イヤそうじゃ多分女の事か何かで具合悪くなって、その揚句わしの豚の毒殺にかかったんかもしれんて……」

「すると、残りの豚もひょっとすると危うございますね。」

「ウン、こうなると四面皆な敵じゃ。養豚業者の廻し者だの龍の一統《くろうと》だの、怪しげな奴ばかりになって来た。今夜あたり昨夜より厳重に豚舎の警戒をしなさい。」

「は」

こんな次第で、龍君はすっかり名豚「寿」号殺害犯人にされてしまった。

八、嫌疑者

名豚「寿」号殺害犯人の嫌疑者になってるとは知らない龍君、野毛君の下宿へ帰って来ていい気持になっている。すっかり叔父さんの気持をやわらげたつもりなのである。

「うまく行ったようだね?」と野毛君。

「うん、お蔭さまで叔父の気嫌もどうやら穏やかになったらしいよ。豚の話の相手にさえなってやりゃ、実にもうあの通り他愛がないんだから、まるで子供さ。」

「全く子供だね。あんなに豚が可愛いもんかね？」

「可愛いのなんのッて、さっきも云ってたじゃないか？――猫よりも犬よりも豚という奴は何とも云えん可愛いい顔をしてる――なんてね、実際笑わせるよ。」

「とにかく、しかし、これで君も小使せびりにはもう気まずい思いをしなくて済むだろう。今夜は祝杯といくか。」

「よかろう！」

と、ちょうどそこへ女中が手紙を一通持って来て、ニヤニヤしながら野毛君に手渡した。

「気持が悪いな、人の顔を見てニヤニヤしてやがる。……あれ、オイ龍ちゃん……」

と封筒の裏を見た野毛君おどろいた顔で小島君を呼んだ。

「何だい、彼女からかい？　おごれよ！」

龍君女中と顔見合せて笑っている。

「よせやい！　おごるのは君の方だぞ、ホラこれみろ！」

と野毛君が畳の上を辷《すべ》らしてよこした手紙を取上げて見た龍君、見る見るうちに耳の裏までポーッと赤くなった。手紙は丸見《まるみ》マキ嬢からのものだった。

「だって、これ君宛になってるぜ。」

と龍君は赤くなりながら手紙を野毛君に返した。

「とにかく読んでみよう――」

野毛君開封して読んでいたが、黙ってそれを龍君へ渡した。龍君も黙って受取って、黙って読み出した。マキ嬢の手紙はこうである――。


野毛様　失礼ですが、私小島さんの御住所存じませんので、次のような事あなた様よりお伝言お願いします。

先日小島さんのお伴をして帝劇へ参りました折、小島さんは僕ほんとの意味で「豚児」でしょうか？――とおっしゃいましたが、今考えてみると、たしかにそうだと申し上げたく存じます。

映写中にペチャクチャひとに話しかけといて、休憩時間になると自分だけさっさと廓下に出ちゃって、私一人みんなからにらみつけられて、とんだ恥をかかせていただきました。

それから、いくら何でも私の事を豚だなんておっしゃいましたが、ずいぶんひどいと思います。私が豚なら小島さんはたしかに豚児でしょう。あとで知りましたけど、小島さんの叔父さん大の豚好きですってね、豚児なら、豚小舎の番でもなすったがいいでしょう。

私、豚だの豚児だのは大嫌いです。序《ついで》ですが叔父様へよろしく。

丸見マキ子

読み終って、小島龍君しばし呆然としたままだった。野毛君も黙り込んでいる。

「やっぱり俺は豚児の組か……」

とやがてしてゴムまりに穴をあけたような溜息を吐いた。

「まあそう落胆するなよ。世の人間の半分は女だ。」

と野毛君ひとごとだと思ってノンキなことを云う。

「だけど、マキさんは一人きゃいないだろう?」

と龍君は心細い声を出した。そしてまた溜息をついてる。

「さっきの祝杯をあげに行こう。」野毛君が方面を変えたが、

「祝杯どころじゃないよ。俺《おら》ァ眠くなった。」

龍君がっかりすると眠くなる癖があるらしい、ゴロリと横になった。仕方がないので、野毛君もう一度マキ嬢の手紙をつまらなそうに読み返していたが、急に大きな声を出して、

「オイ、龍ちゃん!」

「うーん」と龍君は心細い。

「おい、しっかりしろよ、がっかりして寝てる場合じゃないぞ! 起きた起きた!」

「騒ぐな騒ぐな」

相変らず龍君おちついている。

「これが騒がずにいられるかい？　ちょいともう一度この手紙よく読んでみろよ、おい。」

と野毛君は手紙の中味を寝ころがっている龍君の鼻先へ叩きつけた。それでやっと起き上った龍君、

「俺ァもう何にも興味ないよ。」となかなか手紙を読み直そうとしない。

仕方がないから野毛君再び手紙を取って、

「オイ龍ちゃん、いいかい、聞けよ、――私、豚だの豚児だのは大嫌いです。序ですが叔父様によろしく――とあるだろう？　こいつァどうも変だぞ！」

「ちっとも変じゃないよ。もうその手紙読むの、よせよ！」

と龍君は手紙を引ったくろうとした。

「まァ待て、重大事件だからさ。気をおちつけてきけよ。いいか、マキさんは俺の幼馴染だからよく知ってるけど、たしかに豚カツなどは嫌いだったよ。……」

「そんなこと、もうどうでもいいや。」

「どうでもいいじゃないよ。まだ話の先があるんだ。豚を虫から好かん奴がだね、計らずも豚だなんて言われたら、どういう気持がすると思う？」

「知らないよ。俺は何も彼女のことを豚だなんて云ったおぼえはないんだから。」

「おぼえがないッたって、云ったんだろう？」

「云わないよ！　叔父と豚の話してたところへ、彼女が突然現れたんで、云うことがうまく口へ出ずに

「豚が豚が」ッてどもっていただけだ……」

「すると、マキさんの誤解だというわけか。」

「もちろんそうだ。だけどもうそんなことどうでもいいや。」

「いやに諦めが早いみたいな事云ってて、そのくせ悶々としてやがらァ。しっかりしろよ。」

「一々とがめ立てするない！」

と龍君は甚だ御気嫌斜めだ。だが、野毛君は何を発見したのか、いと熱心に説明がしたいらしい。もう夕刻である。

「俺今夜はアパートに帰るよ。」と龍君が言い出した。

「帰ってどうするんだい？」

「寝るよ。」

「寝てどうするんだい？」

「うるさいな！　帰るよ。」

「待て、今が肝心なんだぞ。とにかく俺の云う事をきくだけきいてから帰れよ。」

「そいじゃ早く話せ。」

と龍君腹を立てている。

「話すから坐れ。」

「よし、あと五分以内に話すんだぞ。」

龍君はマキ嬢の手紙がよほど気に障ったらしい。何かパーンと破《わ》れる物を思うさま叩き破ってみたいような気持である。

「よし、手短く話せば「寿」号の殺害犯人はマキ嬢かもしれないぞ……」

「なにッ？」思わず龍君顔色を変えた。「ど、ど、どうしてだい？」と吃《ども》っている。

「この手紙で察すると、そういう事になる。」

「どうして？」

「この「叔父様によろしく」なんてのが第一臭いよ。」

「どうして？」龍君はただもう何故《?》の連発である。

「どうしてッて君、知りもしない君の叔父さんによろしくなんて書いてあるの、変だと思わないか？」

「うん、そう云えばそうだが……」

「つまり、これは一つの辛辣な皮肉なんだよ。君がマキ嬢に対して、豚だなんて云ったのも、もとを質《ただ》してみると、叔父さんの豚がよろしくない。チキショウ！　と云う訳で、かたがた腹癒《はらい》せに、かたがた君の叔父さんに対する信用の失墜を目的に、かの「寿」号をコッソリやっつけたのかもしれん……」

「まさか、女のくせに……」

「いや、思いつめれば女ほどこわいものはない。」

と野毛君は浪曲の一節みたいなことを云った。

「それにしても、豚に唐辛だの生薑が毒だッてこと、彼女ごときが知ってるはずないと思うがね。」

龍君はいつの間にやらマキ嬢の弁護に取りかかっていた。

「そんな事ぐらい、ちょっと誰かに聞けば判ることだしさ。豚嫌いのマキさんのことだ、あるいはやり兼ねないね。」

「そういうことになるかね？　君いつの間に探偵になったんだい？」

「探偵じゃないよ、実際がそうなんじゃないか？　え？」

「そうかなァ？」

と龍君にはよく判らない。そう云われてみると、どうやらそんな気もするし、マキさんに限って、いくら何でもそんな事をするはずがないとも思えるし、どっちにしてもよく判らなかった。が、

「そうだとも！」

と野毛君は確信があるらしい。非常にハッキリしてた。

「それで、結局どうなるんだい？」

「判らない奴だな！　とにかく今晩あたり、叔父さんの豚舎付近を警戒に行こうじゃないか。論より証拠、これが一番の早道だ。」

野毛君はいやに急きこんでいる。

「何が早道だい?」

龍君はその逆におちついている。

「つまりだね、一度ある事は二度ある、二度あることは三度あるッて奴だ。」

「いよいよ俺には判らなくなったよ。」

「だから豚児だと云うんだ。凶運は「寿」号のみでない、残る「武州《ぶしゅう》」号だの「更新《こうしん》」号だの「白光《はっこう》」号だのという優秀豚が片っ端からやられるかもしれんぞ! たとえ、その犯人がマキさんでないにしても、叔父さんの優秀豚が片ッ端からやられるのを黙って見ているという法《て》はない。この際を期して、大いに君の腕を叔父さんに見せるべきだよ。……マキさんを怪しんだりして済まんが、やはりどうも今云ったような事態だと、疑わざるしてを得んよ、しっかりしろよ、龍ちゃん豚児と呼ばれた仇を討つのはこの時じゃないか!」

野毛君に滔々《とうとう》と弁じられてる中に、段々そんなような気がして来て、果ては、断じてそうに違いないと龍君も思うに至った。

「じゃ出かけよう。曲者《くせもの》退治だ。」

と、早くも龍君帽子を被った。

「まだ早い。日が暮れてからだ。飯でも食って、それから行くとしよう。」

野毛君はこうなるとなかなか落着いている。

九、冒険

龍君と野毛君連れだって、今夜は探偵である。幸い、月のない夜だ。賢次郎氏の豚舎に裏手の方から忍び寄った。豚舎係の男であろう、提灯を持って、豚舎の周りを見廻っている。

雑草の中に腹這いになった二人は呼吸《いき》を殺していた。

「豚舎係なんて、間抜けだし、今に眠くなると寝ちゃうよ。」

と野毛君が小さな声で囁いた。

「でも、曲者が現れた時、こっちより先に豚舎係の男に捕えられたらつまんないね。」

「だから、豚舎係なんて、おつとめでやってるんだから、今に眠っちまうと云ってるんだよ。」

「そうか、早く怪しき奴が現れるといいがなァ。」龍君ムズムズしている。

「マキさん自身ではまさか細工には来まい、きっと誰か頼まれた手先が来るに違いない。とすると、腕ッ節の強い奴かも知れんぞ、君、大丈夫かい?」

「大丈夫だよ。逃げ道の見当はちゃんともうつけといた。」

「何だ、逃げ道の見当なんかつけたって仕様がないよ。」

「進むを知りて退くを知らざるは之蕃勇《こればんゆう》なりッて、昔の兵法《へいほう》の大家が云ってる……」

「よせよ、大きな声するの。」

雑草には夜露が降りて、その上に腹這いになってる二人、まだ夏だと云うのに、寒くなって、洋服の襟をかき合せた。

ぴんぴんした雑草の葉が、さっきから龍君の鼻の頭あたりに触ってうるさくて仕様がない。払いのけても、いつの間にやらまたモシャモシャと触る。蚊が珍味来《ちんみらい》とばかり群《むらが》って来るしなかなかの難行である。

邪魔者の豚舎係め、野毛君の予想通り、早く控所の中で居眠りでも始めてくれればいいのに、まだ時々あちこちと提灯を持って歩き廻っている。

「曲者は今夜来るかなァ?」

と龍君何事もないので、そろそろシビレをきらしてきた。

「そいつは判らない。まァ辛抱しろよ、今現れるかも知れないんだから。そしたら、一躍、功名が立てられると云うもんだ、我慢しろ我慢しろ」

豚舎係の提灯がこっちへ近づいて来た。

「来た来た静かにしろよ。」

二人はまた呼吸を殺して這いつくばった。その拍子に、さっきからうるさく龍君の鼻の先をくすぐっていた雑草の葉が、ヒョイと今度は鼻の穴へ這入《はい》りこんだ。ウッ、くすぐったいくしゃみが出そうだ!

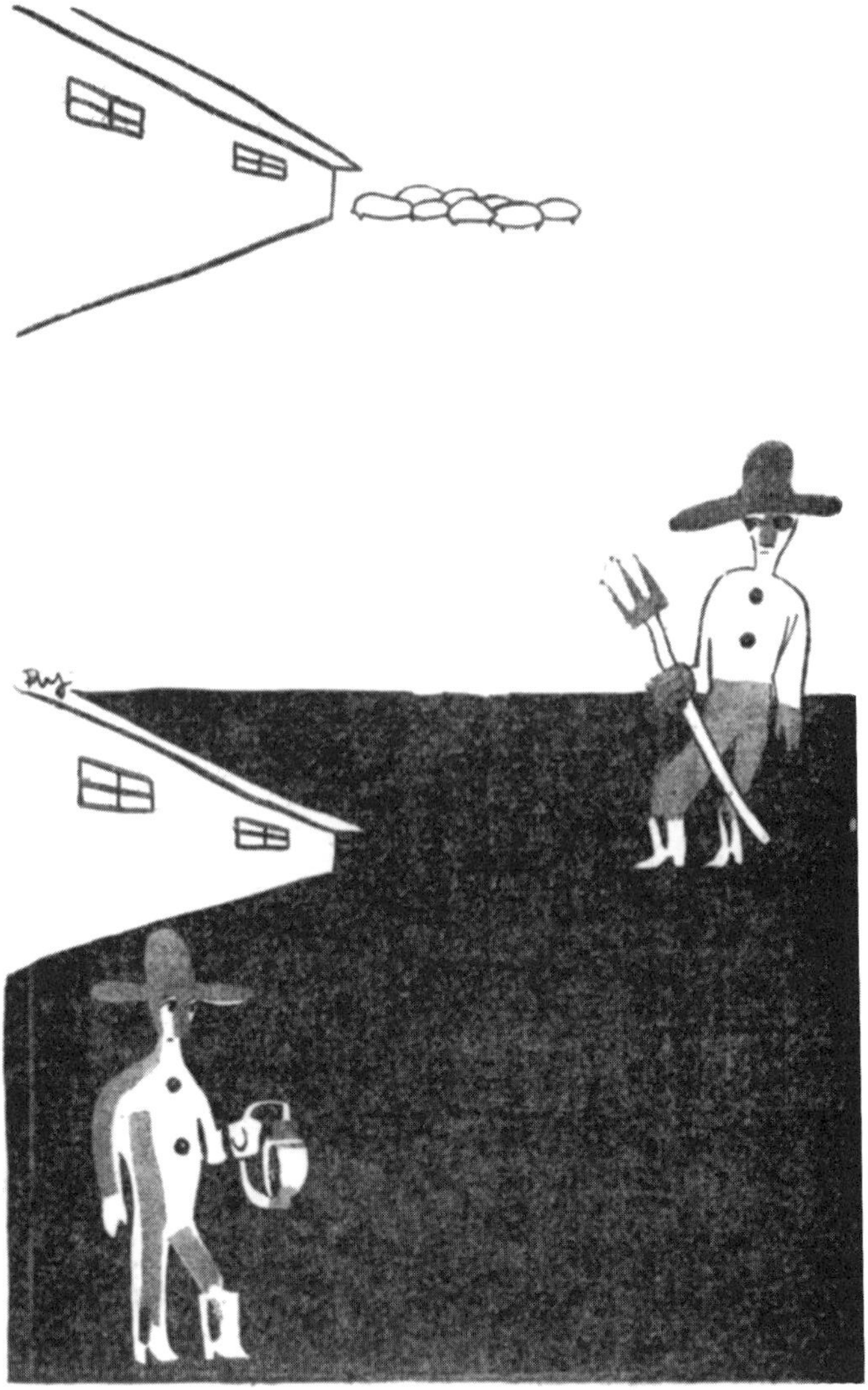

と咄嗟《とっさ》に手を口にもって行ったが、それより先に、くしゃみの方が飛び出していた。

「ハ、ハ、ハ……ックショ!!」

吾《われ》ながらびっくりするほど大きなくしゃみだった。

あたりのシーンと静まり返っている放牧場の雑草の間から突如としてくゝ、しゃみの音響が爆発したのだから、本人の龍君がびっくりした以上に、見廻りの男はびっくりした。びっくりした拍子に、思わず、提灯をガタリと取落してしまった。

「いけねェ、退却だ。」

と野毛君と龍君は雑草の中からムクムクと立ち上った。

「誰だ!!」

闇の中に忽然と輪廓だけ現れた二ツの黒い影を認めて、豚舎係の男は無我夢中で怒鳴った。怒鳴られた時には、二人はもう鉄砲丸《てっぽうだま》のように駈け出していた。そのあとを豚舎係が懸命に追っかけて行った。そのまた後から「誰だ!」の怒鳴り声に驚いた豚舎控所にいた男が援軍にとび出して来た。

捕ったら命がない――そんな気持がして龍君懸命に逃げた。野毛君はとみると、龍君より五間ばかりも先を走ってる。足の早い奴だ。龍君のすぐ後に追手《おって》の凄じい足音がする。

運が悪かった。――

ちょいとした地面の凹《くぼ》みに片足が落ちて、その瞬間、身体の平衡を失った。懸命に走ってたのだから、その結果として龍君はドタドタと四五歩ばかり前のめりになって、打伏《うつぶ》しに勢《いきおい》よくぶっ倒れてしまった。

「おーい！」

と前の野毛君を呼ぼうとしたが、その時にはもう背中をいやと云うほど押えつけられていた。声が出なかった。背中に馬乗りになった追手の奴、恐ろしい馬鹿力で、こっちが暴れも跪《もが》きもしないのに、むやみと上から龍君の頭をグイグイと小突き廻した。

そのうち提灯を持った援軍が到着して、龍君襟首をつかまれて、引張り起された。と同時に、

「ふてェ野郎だ！」

と、いきなり援軍の男に横ッ面を叩かれちまった。

「俺だ、俺だい！」

龍君やっと声が出た。

「何が俺だいだ！　豚殺しめ！」

と最初の男がまた龍君の脇腹を小突いた。

こうなれば、万《ばん》やむをえない。龍君は観念した。どうでもなれ、と思った。曲者を張りに来て、逆に曲者にされた形である。叔父の前に出れば、万事解る事だ。二人の男にグングン引立てられて龍君は主屋の方へ連れて来られた。途中、提灯の火で龍君の顔を照らしてみた男が、連れのに向って、「やっぱり、思った通りだったよ。」と云っていた。

黙って叔父の前に突き出された龍君、手持無沙汰なので、ピョコリと御辞儀を一つしたら、いきなり、「バカッ！」と怒鳴られた。こんなはずではない。

「叔父さん、誤解せんでください。僕今晩こっそり見張りに来てたんです……」

「解っとる。お前も案外意気地なしじゃね……」

と叔父さんが急にニヤニヤし出したので、龍君今度は余計に気味が悪くなった。

「どうも済みません。」

と当り障りのない返事をしておいた。

「わしは何もかも知っとるよ。」と云い出された時には、さあどうしようと思った。お気持の悪いったらない。「なぜお前はわしに隠しとったんじゃ？」

「え？　何をですか？　何も僕悪い事しようと思って今晩来たんじゃないんだ。友達と二人で……」

「そうじゃない……その話じゃないよ。お前、丸見マキという女を知っとるだろう？」

「は？」

「とぼけちゃいかん。」

と叔父さんは云うのだが、ひどい目に会って捕まえられて来てみると、マキさんの話が突然出るし、実のところ、龍君には何が何だか訳が判らなかった。

「はァ、知ってます、しかし……」

「しかしじゃないよ、あれは偉い女じゃ。」と来た。いよいよ判らない。むしろ気味が悪い。

「そうですか？」と龍君吾ながらまずい返事をしてしまった。

「そうですかとは何じゃ？　仮りにもお前自身で好きな女の事だろう、つまらん奴だとは思っておるまい？」

「それはそうですが、一体豚の方の件はどうなったんですか？」

「その話はまたあとでする……とにかくお前ももうそろそろしっかりせにゃいかんね……」

と叔父さんはよそ事ばかり云ってる。

「はァ、それはもう始終心がけてますが。」

「そんならいいが、第一に今度は職をどうしても探さんけりゃいかんね。」

「はァ、それももう始終心がけてます。」

「心がけとるだけじゃいかん。実際探さなくちゃ。お前の身の為と思って、わしは別にお前の職を今まで探してやらなかったが、今度は一つわしもせいぜい心がけることにしよう。」

話はいよいよ妙である。

「ですが、叔父さん、どうしてマキさんの事御存じですか？」

やっと問いかけてみた。

「帝劇で一度会ったし、お前の机の上の写真でもお目にかかったし、こないだは直々にここで会ったよ。」

「はァ?」

「あれは、わしの銀行の専務の娘なんじゃ。あれなら、ぼんやりのお前を内助《ないじょ》するのにちょうどよい。」

ここに至って、龍君やっと話の筋が判って来た。判って来たと同時に、身内が急に熱くなって来て、目の先がボーッとして、頰の辺がいやでもニヤニヤとなって仕様がなかった。

「明日にでもお前を呼んで話そうと思っていたんだが、ちょうど幸い、今晩やって来たから、マァゆっくりしなさい、いろいろ話すことがある。」

「幸いやって来た」もないもんだ。結局、グイグイ小突かれ損の、横ッ面殴られ損と云うことになる。つまらん冒険心を起したもんだ。

叔父さんの話によると、知らぬ若い女——それがマキさんだったのだが——が突然やって来て、いろいろと龍君の事を質問したという。いろいろ話をきいてみると、それが龍君の彼女《アミ》である事が判った。マキさんは龍君のことを当代稀なる無邪気な青年として、立派に買っていたそうである。そして、彼女は龍君が、帝劇で「豚が豚が」と吃った原因をここまで調べに来たのだった。

「なかなかハッキリした娘だよ、あれは。すっかりわしも気に入った。で、早速、家庭を訪れて、話を決めてきた……」

「はァ」

「……どうもお前らの様子がいつもと違っとるので、早計にもわしはお前らが豚を殺したもんじゃろうと、一時は思ったくらいだ。あんまり、廻りくどい術策を用いてわしの気嫌を取りに来たのが誤解のもとじゃ。」

「どうも恐れ入りました。」

と龍君さすがに神妙である。身体中擽《くすぐ》ったい感じである。

「……しかし叔父さん……」

「何じゃ、何か不服があるか?」

「いえ、そうじゃないんで……例の豚の件はどうなったんですか? やっぱり、為めにする奴の所業《しわざ》ですか?」

「イヤ、いろいろ調べたが、第一嫌疑者の妙なお客は実は保険屋だったし、わしの豚には関係なしじゃ。それに、第二嫌疑者のお前は今云ったような次第だし……」

「ところで、僕はまたてっきりマキさんだと思ったんです……」

「とはまた恐ろしく考えたね。」

「それがその、妙な意味曖昧な手紙がマキさんから来ましてね、友人の野毛君と相談した結果、どうも怪しいと云う事になって、実は今晩コッソリ二人で見張りに来てたんです。」

「ほう……」

「くしゃみをしたお蔭で僕だけひどい目に会って捕まえられちゃったんです。……とにかく、そうすると、マキさんの所業でもなし、結局どういう事になるんですか？」

「問題はそれだ。先刻の手紙の件と云うのはどうなんじゃ？」

「今考えてみると、はっきり意味がわかるんですが、「叔父様によろしく」なんて叔父さんを知らないはずのマキさんが書いてるんで、怪しいと云う事にしちまったんです……」

「そうか。だが、これでちょうど五分五分じゃ……」

「へ？」

「こないだカフェ何とかで、酔払ったお前にわしゃ殴られたよ。だから、今日お前がわしんとこの男に殴られて、ちょうど五分五分じゃ。」

「どうも済みません」と龍君は数日前の詫びを云ったつもりである。「……で、豚殺しの犯人は結局誰でもないと云う妙な事になるようですが、何か他に怪しい目星でもついてますか？」

「イヤ、あれは殺されたんではないらしい。いろいろ考えてみるに、どうもあれは自殺じゃよ。」

「はァ……」と龍君開いた口が塞《ふさ》がらなかった。

紅茶のお代りを持って来たのを、賢次郎氏は啜《すす》りながら、

「……大体、豚自身にしてみれば、ああした豚舎に入れられて、穀類を食わされたり残飯を食わされたり、脂を増すためには何々、肉を軟かくするためには何々、と一々うるさい限りだろうと思うよ。みん

なこれは、人間が彼らを殺して利用するに、どうしたら一番上手に利用されるか、それを考えた上でする事なんで、豚にしてみればやたらに脂がついて、心臓が弱って困る事もあろうしさ、考えてみると可哀そうじゃよ……だから、「寿」如き奴になると、種々豚生《しゅじゅとんしょう》（？）を考えては憂鬱になったに違いないよ。……豚だって、自殺をせんとは限らんさ。こうして、人間に欺《だま》されて最上級にまで人間に利用されるのが、口惜《くや》しかったとも想像できるね。結局、「寿」は吾と吾から、丁度幸い放牧場の片隅に生えていた生薑と唐辛を食って、短い豚生（？）を終ったんだろうと、今では私《わし》はこう思っている。優秀豚《とん》なんて、結局これは人間から見ての話で、豚自身にとっては、大いに迷惑千万な事に違いあるまい。以後、わしは豚飼い道楽を止《よ》すことにした。」

と、豚のような気持で、賢次郎氏は悄然と話を結んだ。

十、エピローグ

「おーい、野毛！　祝杯だ！」

夜おそく野毛君の下宿を叩く奴がある。龍君だった。

野毛君びっくりしてとび起きた。

「一体どうしたんだ？」

「何はともあれ、トンカツを肴《さかな》に祝杯をあげよう！」

龍君は手と足をむやみに空中に振り廻してた。踊っているのである。

キリヌキ宝島《たからじま》

R・L・スティーブンソン原作

キリヌキ

寶島

スティヴンスン 原作

横山隆一 作

アドミラル・ベンボウ屋の老海賊

「船だ、船だ！」

黒犬《ブラックドッグ》現る

格闘

船長の衣服箱と地図

地図の秘密

乗船

出帆《しゅっぱん》

謀反の立聴き

謀反開始

島だ島だ！

上陸

逃亡

追跡

キリヌキ宝島

海賊旗揚る

陸戦

乱闘

捕虜となる

地図奪わる

宝は空し

帰船

上海燐寸《シャンハイマッチ》と三寸《ずん》虫《むし》

長谷川《はせがわ》 伸《しん》

上海燐寸《シャンハイマッチ》と二寸虫《ずんむし》

長谷川伸

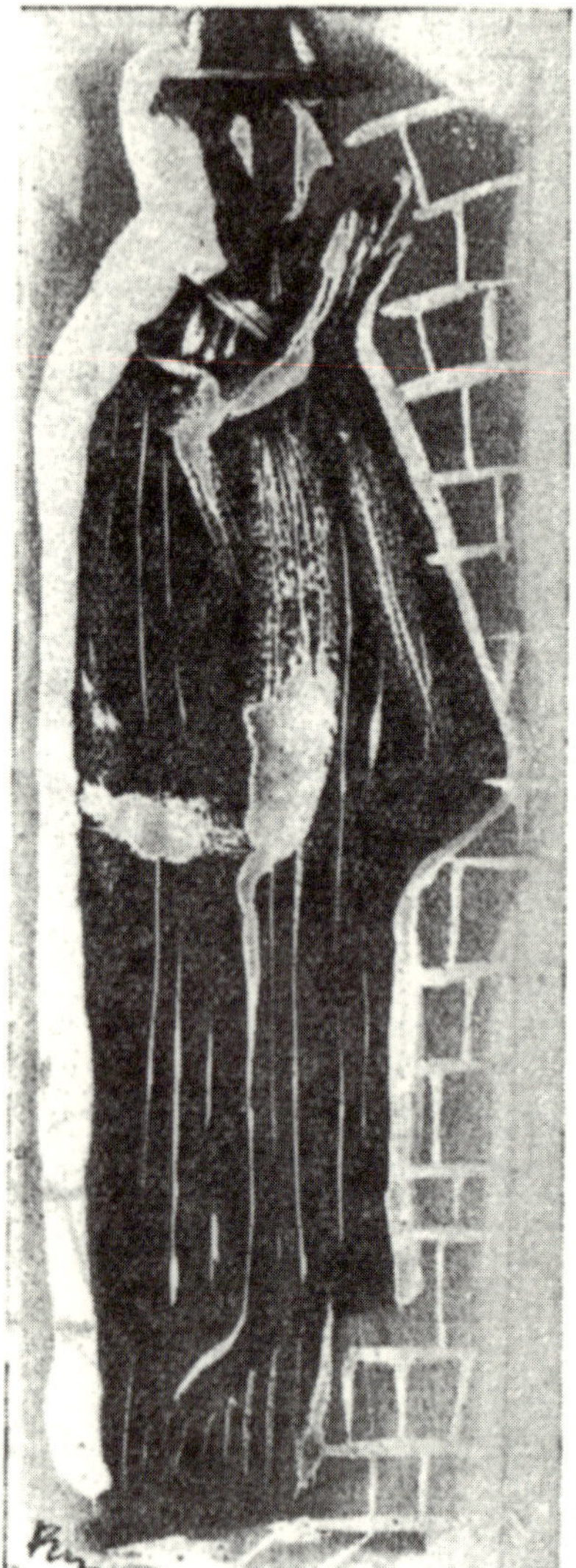

横空《よこぞら》の月

ふところへ冷たい手がはたしてそッと訪問してきた、さっきからあたりを付けていたのを、知っていながら面倒臭いのと、も一ツには、軽くそッと仄《ひらめ》く速さで触れただけなのに、もうそれが何だか解かってしまっている私というものが持つ怖さが手伝って、あたりなぞ付けても無駄だからよしなと、暗示を与えることすら出来なかった。

　あたりを付けても心付かぬらしい。私を、客《ドウロク》にする気で、この街頭稼《ヒラバ》ぎの掏摸《モサ》は手探り《コンコン》出しにかかった手法を更《あらた》め、路上掏摸《ヤキヤ》らしい図太さで、冷え性らしい手を巧みに私のふところへ訪問させたのである。

私のことをまだ説明していなかったが、私、泉巽太郎《いずみせんたろう》は新聞の特殊外交で、新聞社員ではなかった。一定の社席をどこにも持っていない代りに、「新聞東亜」その他に大新聞の社外社員で一文の固定基礎収入がない代り、特種《とくだね》料金の不時《ふじ》収入を持っている。持っているのでは無くて、持っているはずを既特権として、財布が連日無一文の場合も決して少いとはいえなかった。その代り私が素晴しい特種を摑めば、素晴しい報酬が手にはいる。そういう時の私は、時めく実業家をすら貧乏だと思うくらい多額の金を手にしている。けれども、素晴しい報酬はいつも素晴しい特種を前提とするものなので、人生思うままに参らぬ。私の方が参る。

きょうの私は、平凡な特種を売って平凡な金額を新聞社から受取って持っていた。得意と憂鬱のちょうど半ばに位《くらい》した平凡な気もちで、眼を立てつづけにギラ付かせる飾り電灯《あかり》の下を歩いているとき、平凡な気持ちが露店を覗《のぞ》かせたばッかりに、昔馴染みの平凡な路上掏摸《ヤキヤ》の手口の対照に見立てられてしまったのである。

ふところの冷たい他人の手に私の手が、われ知らずかぶさってしまった。その時私の手は温かいが、掏摸《モサ》の手は冷たいのを知ったのである。

私という男が、ここまで話す間に、ツイ掏摸《モサ》の常用語をつかってしまったので、それは新聞記事の特殊材料を採取する稼業柄のしからしめるところだと、云ってしまえばそれでもいいのだが、話が嘘になるので本当のことをいってしまおう。私、泉巽太郎の前経歴は掏摸《すり》であった。

だから、銘仙の対の仕立卸しに鼠のソフトを被った、フェルト裏の穿物を突ッかけた掏摸《モサ》が、私を客《ドウロク》にしようとして、あたりを付けてさがりにかかった。さがりという用語は掏摸《モサ》にあっては

客《ドウロク》の袂や腰から金品を物色してとることだが、窃盗の方では、屋根から家の内部へはいって犯行することをいうので、意味が違ってくる。それは要らざる解説で、どうでもいい事だ。路上掏摸《ヤキヤ》にさがりを打ち込まれたとなると私には、私というものが持つ怖さが、前にもいった通り、まず第一にぴりッと襲ってくる。私はかつて路上掏摸犯《サブナガシ》で、街頭《ヒラバ》にも劇場閉場際《カブリ》にも雑沓場所《タチバ》にも犯行《ナガシ》をやった。単独掏摸《ヤリテマフ》もやった、協力掏摸《レツ》も知っている、それだけに、私には、この雑沓場所掏摸《タチバナガシ》のさがりが、ぴりッと痛いところを引ッ掻いてきた。

その時、私は勢いでもあり本能でもあり、掏摸《モサ》をチラと偸視《ぬすみみ》た。掏摸《すり》の方でも私の顔をチラとみたが、その眉根に立皺《たてじわ》がぴくりと寄っていたのと、眼つきが恐怖に怯えて怨恨にギラリと輝いたのを見ると、溜息が思わず知らず出てしまった。私はこの掏摸の真剣な一瞬の表情に、過去の自分を鏡に映して見せられたも同じ気がした。私はきっと蒼い顔をしただろう。

「今晩は」

と、掏摸《すり》は朗《ほがらか》にいった。私はチラリと再びその顔を見た。今の恐怖と怨恨とが払拭されて、掏摸《すり》は平生《へいぜい》以上の平生な顔つきになり、盛り場《ヒロバ》の普通人らしく、香具師《テキヤ》がつけている店説明《サンズントハ》に聞き恍《ほ》れていて、今気がついて慌てて挨拶した知人のように、歯切れのいい口調で、不安なんてものは一掃されていた。

「やあ」

と私は思わず応えてしまったので、ふところにその時まで預かり放しに押えていた冷たい手を、特赦にしてやることは自然だった。

掏摸《すり》は預かられていた手を引取ると、薄い唇《くちびる》を歪《ゆが》めて、鼻に皺をチラと寄せた、眼が私の顔を射るように向いていた。

私は、内心、たじたじとなって、膏汗《あぶらあせ》が額に滲んだように思ったが、気を取り直して、にッこと笑ってやった。

掏摸《すり》はぷいと行ってしまった。

「諸君は風位《ふうい》統一っての知ってるか、風位だよ、河豚《ふぐ》じゃねえ。ふうとは風だ、いいかねふうは風だ、イは位《くらい》だ、風と位と二ツ繋ぐと風位ってのだ。すなわちこれ測候所用語だ、どうだ諸君、ぼンやり立って聞いてるうちに一ツ悧巧《りこう》になったろう、悧巧にはなったが悪い奴に懐中物をとられるなよ、今は非常時だ、迂闊《うかつ》するな。そこで諸君」

私がその説明付け《トワズ》を後にしたのは、掏摸《すり》と相前後していたので、香具師《テキヤ》の炯眼《けいがん》が観破して諷刺した対照は、あきらかに雑沓場所掏摸《タチバナガシ》のことに違いない。何となれば私は客《ドウロク》に現にされかかった者だからである。過去のことはいくら炯眼でも、その香具師が透視しているはずはない。

（おや？）

　ふところから何の必要という事もなしに手を出しかけた私は、内《うち》ぶところに小さな金具がとめられているのに気がついた。前経歴が、それを小さなピンだとすぐ覚《さと》らせた。

　ピンはピンだけでなく、白い名刺大の紙片が付けられていた。私は明るい飾り電灯《あかり》の下で、歩きながらその紙片にある万年筆のペン字を見た。

　紙片の文字は見憶えのあるもので「巽公《せんこう》、頼む、玉」とあった。

　これは暗号でも何でもない、素直に文字の意味通りだけのものだった。前経歴時代の義兄《ぎけい》花咲谷《はなさかや》玉吉《たまきち》が、歎願《たんがん》してきた呼出し状である。

　幸いだれにも見られなかったが、私は、はッとして一時、顔色が変ったに相違ない、義兄とは意見が相違して、生涯義絶の杯《さかずき》を交して別れて満三年の間、列車《ナガバコ》で会ったこともあり街頭《ヒロバ》で会ったことも、再三あるが、義兄も約束を固守してくれて、目動き一つしなかったし、私の方でも全く路傍の人のようにして素ツ気なくした。

　だのに――「頼む」と、こんな手口で呼出しをかけたのは、浮沈の境にいるからなのだろう、が、掏《す》摸《り》であれば逮捕《カカ》ったのかも知れない。当人が姿をみせないからは恐らくは最早、収監《キャク》になったのではないか、でなければ追跡《キタカゼ》を食っているか、と、義絶《ぎぜつ》していてもそこは人情で、義兄の身の上が心配になり出し、歩道が醸して絶えない喧騒一切が、私の耳に聞えなくなった。

そういえば、さっきの掏摸《すり》の様子が今更ながら妙だった、あんなにあざとい手探り出《コンコンだ》しというものは掏摸《すり》用語でいえばウワバミにする、という、嘲笑に値し軽蔑に値するものである、それをワザとした、ふところで手を押えさせたのも予定の行動だったのだろう、そうして印象を深くしておいて、ピン留めの呼出し状を遺《のこ》していった、手捌《てさば》きの鮮さは、到底掏摸《すり》初歩のものに出来る芸ではない。

私は意識をもつ隙《いとま》もなしに、そこら中を見廻したが、眼の前にあるものは多くの盛り場登場者で、今の掏摸の、仕立卸し銘仙対《めいせんつい》の姿は見当らなかった。

いつもは新聞社に売る特殊種のことで一ぱいになっている頭が、今は義絶した義兄のことで一ぱいになってきた。掏摸《すり》をするだけが疵《きず》でその他は人として、尊敬していい義兄だけに、私は、当今抱懐している観念からいえば、明らかに逆だが、私は構わず、何が何でも英雄行為をして義兄を救ってやりたくなった。

私の血もまだまだ若いだけあって熱をもっていた。


盛り場を出外《ではず》れると橋があって、川向うにもネオンサインは赤、青、黄に輝いていたが、げッそり人通りが少くなって、道路が浴びている飾り電灯のギラギラが弱度になっていた。という事よりも、こっちが明るく橋の向うが暗いという、ただそれだけしか感じないほど、街の明暗が線を引いたようにはッきりしていた。川の左に人通りのうすい道が白く光って、かね折りの川筋の角に白く六階建のX祭《クリスマス》の菓子みたいな建物がある。その横空《よこぞら》に、江戸の空と月とが、古錦画《こにしきえ》で見かけた通りに、夜気を潤わせて輝いているのに、私はどうした拍子か気がついて、仰いでちょッと見る間佇《たたず》んだのである。そうすると、和《やわら》かい夜風に潮気がまじっていて、夜の潤いを帯びているのが、肌にもわかってきたが、眼鼻にも感じてきて、今まで通ってきた狂気《きちがい》飾りの明るさが、料金のかからない月明りの前には、値打のない代物だったことに急に思えてきた。

そういえば片照《かたで》りの月色で、黒くみえる辻厠《つじかわや》の低いつまらないかっこうの屋根にも、一寸四方いくらといいそうな銀光りが、荘厳らしく見えた。

「巽太郎さん、でしょう」

翡翠《かわせみ》のようにすいと飛んで、と思える人影が傍《そば》にきて立ったので、よく見ると、忘れてはまだいない、さっきの銘仙裁卸し、鼠のソフト、フェルト裏の掏摸《すり》だった。今度、気がついたのはこの男が白独鈷《しろどくこ》のはいった角帯をしめていることだつた。

「兄《にい》さんの?」

「ええ」

「どうした? 引致《フンガイ》された? 逃走《ホカッ》た?」

「拘留《リュウコ》はありません、まして収檻《キャク》なんかになりやしません、警戒《ホッケ》ることなんか一ツもありません」

私どもは左に折れて、月の下を、川筋のT字の橋の方へ歩いた。他人《ひと》がみたら賑やかなところに飽きて、静寂を手近にもとめる、そぞろ歩きの友達同士と見ただろう。

「じゃ、頼むというのは」

「それです。実は——上海《シャンハイ》から国際的な燐寸《マッチ》が来て」

「燐寸？」

私は燐寸なんて掏摸《すり》用語を知らないから、怪しんで聞き直した。まして上海から国際的な燐寸なんて、およそ掏摸《すり》とは縁の薄い話なのである。

「燐寸ってのは、へへ、付木《つけぎ》のことで」

それなら解かる、スルという隠語なのだ。そうすると、上海から、白人有色人雑多なものから成る掏《す》摸《り》が渡海してきているというのであるらしい。

「で、そいつ等が」

「目的《ホシ》は、映画女優の微行《しのび》が持っている、手提鞄《ウサギ》です。紅色で錠《イチジ》が銀具で、金《キ》でLって字が手提鞄の提《ミ》手《ミ》の下に打ってあるんで」

「兄さんが、どうしてそんな事に」

「そこです。物は意気張りだ、何の渡世の者にでも、日本では三寸の虫って奴がぴくぴく活きてます」

劇場が閉場《かぶ》ったとみえて、急に自動車が多く通り始めた。

六階建横空の月がすこし廻わっていた。

高等技術

「兄さんか」

「巽公か」

「白人女《メトウ》の手提鞄《ウサギ》はそんなに騒ぐ代物なのかねえ」

「それは問題ねえ、中味は紙屑でもいいんだ。俺達が承知しねえのは、上海くンだりから乗込んできて、荒し廻わる、それが癪《しゃく》だというのだ」

「縄張り争い？」

「そうさ、こっちはこっち、上海は上海だ、上海へあがった白人旅客《トウキャク》の内隠し《ウチバ》をどうしたって、俺達はかまわねえが、上海くンだりからこっちまで乗《の》してきて、こっちへ上陸《あが》った観光白人《ブッケントウ》を専一《せんいち》に荒されたのじゃ、俺達の立つ瀬がねえ、そうだろう巽公」

「どうだかなあ、僕は今素人《トウシロ》だもの、よく解らないな」

「解らねえ奴はねえ、聞きなよ、彼奴等《きゃっ》はこっちの神戸《こうべ》、京都《きょうと》、奈良《なら》、箱根《はこね》、日光《にっこう》、東京《とうきょう》、横浜《よこはま》、こういうところで船中《ウキス》よろしい、街頭《ヒラバ》よろしい、列車《ナガバコ》よろしい、どこでも犯行《サガリ》やがる。いいかい、被害者《ドウロク》があちら者で、掏摸《ショクニン》があちら者だ、あちら者があちら者に犯行《サガリ》やがるのだからそれでいい、では俺達はいられねえのだ」

「縄張りを侵すからかい」

「そうとも云えるが、それッ切りの事じゃねえと俺は思うんだが、どうだろう？」

「ちょッと難解だ。縄張り以外に何か問題があるかしら」

「大ありだ、お前、新聞《ヒロメ》のネタ屋をやってるというのに、悪いぜ頭脳《みそ》が、焦げついてやしねえのか」

「そうかもしれないんだ」

「話そう。オールコックとかいう人が書いたとな、ゼ・オハヨウに」

「おや？　兄さんが外字新聞のことをいうのか、こいつあ驚いた」

「それどころか、あとでもッと魂消《たまげ》るがいいぜ巽公。オハヨウに出ていたのは、日本内地の景色がいいのに肝をつぶしたが、ピクポケツが多いのにも肝をつぶしたというのだとな、そうだろう巽公」

「そうかもしれない」

「何でえ知らねえのかお前、新聞《ブンシン》にかかわりあった渡世に似合ねえぜ、それでは」

「そんなに犯行《サガル》のか、へええ」

「だれが犯行《サガリ》やがると思う？」

「路上掏摸《ヤキヤ》だろう」

「どこの路上掏摸《ヤキヤ》だと思う？　こっちの掏摸《ミンゾウ》じゃねえんだ、こっちの者には俺が固く封じたんだ、オールコックって人の話を耳にして以来な、日本人《こっちもの》をみんな掏摸《モサ》だと思わせたくねえ、俺だって三寸の虫がある」

「じゃ、観光白人《ブッケントウ》に犯行《サガル》ものは？」

「却って多いや」

「どうして？」

「上海くンだりから燐寸が来てるじゃねえか」

「はあ」

「何でえ、今ごろ合点が行ったのか」

「こりゃ特種だ」

「商買にするのかお前、よせ、そんな事はさせねえ、舶来燐寸と闘ってからのことだ、いや闘って勝ったら書くな、負けたらどうでもしろ」

「けれど兄さん、そんな事ならとッくに警察《アタマ》で知ってるだろう、現代のことだもの」

「知ってるさ、知ってたって、警察官《アシグロ》の手に終《お》えないんだ」

「どうして」

「間諜《ダイカン》の連中がみんなそう云ってる」

「そんなはずはないさ、世界中で警察《アタマ》のいいのは日本《こっち》だからなあ」

「お前なんか、表を観てるだけだ、裏が読めねえんだ」

「すると兄さんは、白人女《メトウ》の手提鞄《ウサギ》なんかどうでもいい、上海燐寸をのそうてのだね」

「腕でね」

「その点が難場《なんば》だ」

「全くだ」

「上海燐寸の技術は優秀だ」

「知ってるのか、どうして」

「今聞いたのですッかり感得《かんとく》が行っちゃった、見たのだ、手捌《てさば》きを、——あいつ、上海燐寸だったか、地玉《チダマ》だとばかり思ってたものだから、ヘマをやった、上海燐寸とわかればなあに——兄さん、きのうの午後、こういう事があったんだ」

「どこでよ、そいつは今どうしてやがる?」

「まあ聞きなよ、あっち者があっち者の洋服《クッツキ》のぽけっと《ウチバ》から抜いてる。そこは四方《あたり》見通し、街頭《ヒロバ》だからね。あっち者は指が不器用だってことは、画にかいた女で、動かねえものだと知ってたが、見りゃそうでない、大した手捌きなので驚いたんだ、それからこいつ素状《すじょう》次第で新聞種《ブンシンネタ》になるような気がして、跟《つ》けてみるとフジヤマホテルへ堂々と入ったものだ」

「あすこにゃ上海燐寸はいねえはずだ」

「帳場と給仕を洗ってみたが全くいねえ、駕籠《かご》抜けだったんだ、こいつぁいよいよ面白えと、役所の外事課から船会社からお定まりの領事館まで行って洗ってみたんだが」

「国がわかってたのか」

「うむ、名刺を一枚落しやがったのが（なんて嘘だ、ポケットから指へ吸いとったのだ）手掛りになった訳だ。で、解ったら警察《アタマ》に密告《コミチ》して引致《ネジ》らせ、その代り僕の商買にして、特殊材料に仕込んで高値で売ろうという気だったんだが、そうは問屋が卸さなかった。そんな奴は、日本《こっち》には来ていないという証拠立《だて》がとうとう付いたのだ、落胆《がっかり》したね」

「背の高い、鼻の隆《たか》い、眼の灰色の、じゃねえか」

「そうだ」

「ジミーという野郎に相違ねえ」

「あいつが上海燐寸か、なんて僕、今気がついたのでは、活馬の眼を抜くトップ記事一手売捌きの僕も、存外な道化役者だったものだ」

「話が逸れたが腕を貸せ巽公、頼んだぜ」

「そいつはあやまる、腕にヨリが戻るのが怖い」

「収檻《バラ》せッこねえ、きっと保証する」
「といったところで、偶然発覚《ハッタリ》ということもある」
「上海燐寸がのさばってるぜ、観光白人《ブッケントラ》は怖毛をふるってるぜ、今に日本《こっち》へ足踏みしなくなるぜ」
「そんな事はあるまい」
「観光白人《ブッケントウ》の数《すう》が減ったのがお前解っていたのか、新聞種《ブンシンネタ》を渡世にしてそれじゃ盲《めくら》だろうぜ」
「だって、上海からいくツ燐寸がき↘

↙てるか知らないが、たかがそんな者のために、日本《こっち》の者の全部が犯行《サガリ》ゃしまいし、兄さんはだれかに担がれたんだろう」
「日本《こっち》の者が全部で犯行《サガリ》ゃ俺なんか腮《あご》があがってしまわあ。巽公、お前に限る腕だ、俺だってお前《めえ》がよくいった通り、この途では高等技術が達者だ、身内にも随分いることはいるが、お前ぐらいの高等技術は一人だって持っていねえ、だからお前の素晴しい腕で、上漁燐寸の奴等に泡を吹かせてやりてえんだ。俺達は俺達の

技術で闘って勝ちてえんだ」
「満三年以前だと、僕はいわれないでも買って出てみたのだが、今の僕は他に商買があるから、というよりは観念が違っているので、折角だが、頼まれても応じられないよ」

「それじゃ、観光白人《ブッケントウ》が、日本《こっち》の人間はみんな犯行《サガリ》やがると感違いしてもか」
「そんな事はなかろう」
「日本《こっち》の者が日本《こっち》の者を犯《サ》行《ガ》ったところで、内輪同士のやりとりだが」
「そんなのないよ」
「あっちの者を日本《こっち》の土の上で犯行《サガリ》や、感違いするにきまってらあ、オールコックがオハヨウ新聞で、日本《こっち》の者は、みんな盗賊《イサバ》だと書いたのが何より証拠だ」
「その記事を一ツ読もう」
「お前が選手《チャン》に出てくれれ

ば、勝利はこっちだ。頼むよ巽公」

「兄さん達は、犯行《サガリ》を犯行《サガリ》で制止しようってんだ、いけなかろう」

「他に手がねえ、我々としてだ」

「これで行くさ、これだ、頭脳《ミソ》だ」

「そんな事で片付けば、しがねえ俺達が一致して騒ぐものけえ。白人《トウ》とみればどんな者でも高等《セタカ》にみる癖がわれひと共持ってやがる日本《こっち》の者だよ、駄目だってことさ」

「僕はそう思わないな、なるほど、日本《こっち》の紳士がいった事より、外国《あっち》の紙屑拾いがいった事の方が信用されそうな弊《へい》はあるが、この頃じゃ日本《こっち》の人間は外国《むこう》の人間にくらべて優秀なものだと確信を少しずつ持ってきた」

「巽公、その腕を貸せよ」

「頭脳《ミソ》で行こう兄さん」

「いけねえか、貸せねえのか」

「怒ったって駄目だ兄さん、僕は頭脳《ミソ》だ」

「俺達が負けてもいいのか、上海燐寸に荒されてもいいのか」

「熱くなってはいけないよ兄さん、僕は腕の競争よりも、余程はッきりした勝負をした方がいいというのだ、腕なんて時代遅れだ」

「巽公、生意気をぬかすねえ」

「怒っちゃ厭だ」

「怒るとも。手前《てめえ》が洋服《クッツキ》を着て納まっていられるのは、だれのお庇《かげ》だ、俺達が一致して手前《てめえ》一人を堅気の世間へ戻してやったからだ、その為に俺達は手前の」

「兄さんは僕の前経歴がいいたいのか」

「俺が手前みたいに新聞種屋《ブンシンネタや》だったら、手前を種《ネタ》にしてやる」

「ふン、僕なんかの事は低劣種《ガセネタ》だ」

「たッ、いけねえ、夜行警官《ツジウラャ》だ」

靴音と佩剣《はいけん》の音だけで、義兄は野良猫のように逃げてしまった。

「やあ、今晩は、何かいいニュースが朝刊に出ますか」

顔見知りの警官が笑顔をみせて通って行ったあとで、私は口笛を吹いて四度もそこらを歩いたが、義兄はよッぽど遠くまで逃げたとみえて、遂に姿を見せなかった。

特種記事

私の材料ぶくろはめきめきと膨れあがった。何事でも没頭してみると、その世界が持つ広さが、だんだん解ってくるもので、渡来掏摸《とらいすり》と観光外人《かんこうがいじん》との間に、隠然と醸されている影響の大きなものに、私は知れば知るほど驚き入る他はなかった。

始めは、犯行《はんこう》の都合で、単に日本《にほん》へ潜入した舶来掏摸団《はくらいすりだん》だとおもったのが、だんだん調べて行くうちに、決して、そんな単純なものでないのが解ってきて、驚きがいよいよ驚きになった。

私は活動を開いた。まず、もっとも信頼のできる取引先の有力記者に打明けたが、記者は頭から相手にしなかった。

「馬鹿いえよ君。掏摸《すり》が何百人はいってきたって、そのために日本民族の信用を堕すなんて、お伽話《とぎばなし》だ、でなければ小説だ」

最後に行った「新聞東亜」の幹部で伊藤延《いとうえん》は私の熱心に反比例して、まるで傾かなかった。

「ますますお伽話だ、外来人の掏摸《すり》が君のいう如く闇躍《あんやく》したところで、観光客が減る原因に数えるなんて、夢幻的過ぎやしないか。統計をみたってわかるだろうじゃないか君」

その統計を私の方から示した。記者の眼に映った数字は五ヶ年間の遊覧外人数の項目が逐年増加していることを語っていた。

「見たまえ、この通り殖《ふ》えているではないか、君の説とは反対にさ」

しかし、次に私が示した報告数字は、記者の顔色を一変させた。

「これは何だ、どこから写してきた」

「日本航海と東洋郵船と、それから外国会社のが三ツ、すべてその会社から写してきたのです」

「こんなに多くの乗船取消しがあるとは」

「何に原因しますか」

「待てよ」

一たん出て行った記者が引返《ひっかえ》してきた時には、以前よりも緊張して、激怒がありあり見られた。

「外電の中に飛んでもないのが一通あった。屑篭《くずかご》から出してきたんだが——馬鹿な話だ、東洋遊覧者中には予定から日本を除く希望者が続出し、単独の日本観光計画者は計画を他に振替え、団体は参加者の希望に動かされて予定から日本を除いた、とこうだ。あまり馬鹿気ているので外電の者は材料にならぬと思って紙屑に抛《ほう》ったのだそうだ。僕だって、君の変な話を聞いていないと、排日のくだらない米国《べいこく》電報がと洟《はな》をかんだかもしれない」

「そうでしたか、じゃやはり本当だ」

私は思わず知らず卓を敲《たた》いてしまった。

「本当だ？　君はこの話を本当でないと思って持込んだのか」

「馬鹿らしいところがあるように、私も思ったものですからねえ」

「全く阿呆《あほう》かいなの話だが、よしこれが本当でなくても、君のいう上海渡来の燐寸と、日本の燐寸とが正面衝突するってのは特々々種だ、やってみてくれたまえ。今、社会部長もくるから——」

私はそこで顔の広い社員を一人借りて、役所廻りを始めた。幸いにその社員もこの件に飛抜けた興味をすぐ持ってくれたので、仕事はどンどン捗《はか》が行った、もちろん、どこへ行っても最初は相手にされなかったが、一括して要意《ようい》した統計、報告、外電、外字新聞切抜き、外人被害届出統計などが結局はものを云って、始めと中ごろでは、相手の顔の緊張程度が著しく変化した、訪問の目的が予期以上だったのは、ひとまず辞去するに当っていよいよ確められた。

「では、一ツ、頼む。こちらも手配を充分する、そんな奴に跳梁されて耐《たま》るものかてンだ」

役人は見事な髷を食いそらして、大した敦圉方《いきまきかた》だった。

五日目に私は特殊中の特殊材料を「新聞東亜」の朝刊に送った。


賑《にぎやか》な街から川沿いに左に折れて、飾り菓子みたいな六階建を、さながら背景にでもするように、私と義兄とは橋の上で話合った。

今夜は月がない代りに、満天に星が燦《きら》めいていた。

「兄さん」

「巽公、大きな網を入れたなあ」

「さすが兄さんだ、知っていたんだね」

「事の始終をね。俺は巻いたよこの舌を、成程この芸当が打てるから腕は貸さねえといい切ったんだったね」

「犯行《サガリ》で犯行《サガリ》を食いとめるより、僕のやった方法が鮮明で解決も早い、第一、検挙者《ケガニン》を味方から出さずに済む」

「掏摸《モサ》にも高等技術があると口癖にいっていたが、新聞種屋《ブンシンネタや》にもやはりあるんだなあ。だが巽ちゃん、一体今度のことはどういうのだい？」

「大体は新聞記事の通りだが――」

私の執った手段はこうだった。まず官庁の力をかりて、上海燐寸の首領を捉えることにかかったが、必死の捜索も徒労に帰したので、二日目に、私のかねて提案して置いた計画を実行することにした。

「まず、失業外人を日当で雇ったのさ、東京、京都、神戸、横浜の三ヶ所でね。その連中に借衣裳を着せ、警察官《アシグロ》を案内者《ガイド》に仕立てて、二三人に一人ずつ、といった風に配置して、盛り場《ヒロバ》を歩かせたのさ」

「えッ、犯行《サガリ》を奴等がやったのは仕立者の異人か、へええ」

「兄さんもそれに気がつかなかったのか、すると相当うまくできていたとみえる」

「うめえにも何にも、キョロつくところなど、本物の観光《ブッケン》らしかった、へええ！」

「これが囮《おとり》だ、そうとは知らず上海燐寸が犯行《サガル》だろうと思いきや、奴等早くも感づいたか一向にかからない、弱ったね」

「だって俺は奴等が犯行《サガリ》やがるのを見たぜ」

「そりゃ宵になってからだろう。日のあるうちはテンで駄目。ところが夜になると、買物に出た風を扮《よそ》わせた一件者の内隠《ウチバ》しへ、奴等手を出した。抜くだけ抜かして抛っておいたから、奴等いよいよ図に乗ってきやがったが、まだ抛っといた」

「そうだったな、俺が見ていたのもその通り、現に刑事《ダイシ》が見たはずだのに、何とその刑事《ダイシ》は知らぬ顔だ。変だと思っていたんだが、なるほど、そうだったか、へええ」

「見たら知ってるだろうけど、奴等の協力者《ダチ》は三人だね、日本では二人と、いつの世からか極《きま》ってるが」

「そうだった三人だった」

「奴等が裏通りを縦に突ッ切って歩く、そこまでは二人と一人と別々だったのが、街が薄ッ暗くなると一緒になって、ベラベラ喋《しゃ》べり出すのを、待ってましたで引致《ネジ》ちゃった。奴等いくら文句いったって、腑金《ネタ》の紙幣《ビラ》は贋造《ノイシ》で、おまけに警察庁《チョウ》の印《しるし》が捺《う》ってある、通貨《ニゼ》も子供だましの贋造《ドサ》ときている、紙入《ミイレ》も印入りだから四の五のいわせやしない。これで口が開いたから、あとは芋蔓で手繰って東京では三人、横浜で六人、京都は無し、神戸で四人、合計十三人、となったのだ。ねえ兄さん、腕を貸すよりこの方が結末が早いと思わないかい」

「甲《かぶと》を脱いだ、としておいて巽ちゃん、俺達にわからねえ事があるんだ、上海燐寸の奴が急にプリプリしやがって、浜の女屋《おんなや》なんかでさほどでもねえ事に因念をつけやがる、こいつに何か曰くがあろだろうと思ってると、たちまちわかったね、俺達の仲間《ダチ》が奴等に闘いを売ったのさ。実は俺も知らねえうちに、だれかが勇ましく鮮《あざやか》にオッ始《ぱじ》めたんだ」

「それは初耳だ」

「初耳かい、そうかい、その手捌きの綺麗さというものは、凄いんだ」

「どう?」

「時計をチョッキから抜いて、上着のポケットへ入れ更えておくかと思うと、鎖をズボン吊に引ッかけとく、かと思うと手帛《ハンケチ》を帽子の中へ入れとくね、千変万化、まるで手品だ、上海燐寸の同士討ちじゃねえよこれは、日本人《こっちもの》のワザだ」

「へええ」

「紙幣《ビラ》をワイシャツの下へ打込《ぶちこ》むかと思うと、ネクタイを外してポケットへ打込む、まるでもっていよいよ手品だ」

「そいつあ驚いた話だ、そんな技術が現にあるのかなあ」

「こいつはお前のいう特種中の特種だぜ、新聞《ヒロメ》に出すのを忘れてるんじゃねえか、巽ちゃん」

「えッ」

「今ッから新聞《ブンシン》へ行って、その種《ネタ》を売ってきな」

「……」

「巽ちゃん、腕をつかうと元へ撚《より》が戻るといったが、まんざらそうでもねえだろう」「……」

「だが、いくら何でも、こいつは売込めまい」

「いい材料だ、早速売込むよ。あすの朝刊には手提鞄《ウサギ》持参の女が、上海燐寸の首領だってのが、僕の特種で出るはずだから、その次の朝刊に、僕は夕刊を好かないからいつも朝刊だが、きっと出すから兄さん読んでくれ」

「へええ？　お前、自分のことを出すのか」

「ふふン、舶来掏摸《すり》団に技術による挑戦を試み圧倒的勝利を博した我が国の名人掏摸《すり》はその名を花咲谷玉吉といい」

「笑談《じょうだん》いうない」私はその時もう歩いちゃったので、義兄がどんな顔をしたかを知らない――。

師《し》父《ふ》ブラウン

水谷《みずたに》　準《じゅん》

師父ブラウン

水谷　準

戸山ヶ原《ハムステッド・ヒース》の落日を前にして、二人の坊主が暢気《のんき》そうに神様を論じ合っている。一人は六尺豊かの大《おお》入道《にゅうどう》、一人は芋蟲《いもむし》然としたちんちくりん。

「ところで、頃もよし、あたりに人もなし、どうだ、お前さんの持っている青玉《サファイア》入りの十字架を、四の五の言わず渡してしまいねえ、さもない時はその素首《そっくび》をただの一捻り。誰あろう某《それがし》は、欧州切っての泥的《どろてき》フランボオ。」

突如として大変な凄文句《すごもんく》が大入道の口から飛びだした。声だけは

元の通りの暢気な調子。

「おやおや青玉入りの十字架が御所望とな。それはお気の毒な。実はつい今しがた、手離したばかりのところじゃ。」

　仰天すると思いのほか、芋蟲坊主は悠々迫らず落日に見入っている。

「何だと、十字架を手離した？　それじゃ、この俺を偽の坊主と疑《うたぐ》ってか？」

「まあそんなところじゃ。今朝からお前さんと落ち合って、一日中倫敦《ロンドン》を歩き廻ったが、どうも十字架の包みがあぶなくなって来た。ほれ儂《わし》はいま忘れ物をしたからといって、先刻《さっき》買物をした菓子屋に戻って来たのを御存知じゃろう？　その時、わざと十字架の包みを店の隅に投げだしておいて、店の者に、紙包を忘れたような気がするから、出たらここに送ってくれと住所を書いて渡してきた。もう今頃は親切な店の者が、紙包みを探しだして書留で送りだした後じゃろうて。」

「畜生、そんな誤魔化しに乗るフランボオ様じゃねえぞ。さあ、腕づくでも取ってみせる。覚悟をしろ、芋掘り坊主め！」

羊の皮を被っていた狼が、いよいよ本性を現しかけたが、ちんちくりん居士《こじ》は相変わらず慌てず騒がず。

「まあそうムキにならぬがよかろうて。後《うしろ》を見なさい。お前さんを追っ掛けて欧州一の名探偵ヴァランタン殿が来よる。」

「えッ、ヴァランタンが！　そ、そんな馬鹿なことがはッはッはッ。」フランボオは、とうとう笑いだした。「おい坊主、もういい加減下手な駄洒落は止めてくれ。」

「坊主に洒落気は禁物じゃ。ヴァランタン殿は、儂がここまで、わざわざ呼び寄せたのじゃ。どうして呼んだといわっしゃるか。実は今朝がた、倫敦へ来る汽車の中で、お前さんを追っかけて英吉利《イギリス》に渡ったその名探偵を見掛けたのじゃ。そこで儂はその探偵が立ち廻りそうな先々に、ちょいちょいといろんな目印をしておいた。お前さんとした人物がそれを見抜かれぬはずもあるまいが。」

「うむ、お前の妙な素振りには気がついていた。レストランでは砂糖壺に塩を入れ替えたし、果物屋では蜜柑《みかん》の山を引っ繰り返したし、喫茶店の飾窓《ショーウインドウ》で洋傘《こうもり》で突き破った。だが、俺は黙っていたんだ。泥棒は、仕事の前には事を荒立てぬのが信条だからな。」

「みんな儂の粗相のように見せかけたが、それが同じ坊主の仕業だと知ったら、敏感な探偵のことじゃもの、何かそこに因果関係があると睨むは必定。なあフランボオさんや、あんたは毛唐《けとう》でもザラにはない六尺余りの大男じゃによって、レストランでも果物屋でも、喫茶店でも、このそそっかしやの悪戯《いたずら》坊主が、六尺余りの大入道と一緒だったと悪口いうに決まっとる。それを聞いたらいくら血の巡りの悪い探偵だとて大入道すなわちフランボオなりと断ずるに躊躇はせぬはずじゃろうて。もういい潮時じゃ。フランボオさんや年貢《ねんぐ》を収(ママ)めなされ。」

芋蟲坊主が世間話でも打ち切るようにいい終わるのを合図に夕闇の中からヴァランタン探偵と警官の陰が這い寄って来た。

これがフランボオをして心機一転せしめ、師夫ブラウンの助手として、探偵に従事する事になった最初の挿話だ。

青色鞏膜《せいしょくきょうまく》

木々高太郎《きぎたかたろう》

青《せい》色《しょく》
鞏《きょう》膜《まく》
連續短篇作品(第四)
木々高太郎

（一）

甲斐《かい》の盆地に春が来た。

西の方《かた》、白峯《しらね》の連山は真白であるが、盆地には緑が芽ぐみ、桃の花がうるんだように咲いている。

伝説によると、甲斐の盆地は満々たる湖であった。僧行基《ぎょうき》が、湖水疏鑿《こすいそさく》の願を達して駿河《するが》の海に水を流してから、富士川《ふじがわ》は日本の三急流の一つと言われる。嶄巌泡《ぎんがんあわ》をはんで、下るに従っていよいよ速い。東の方遠《かたとお》く、奥千丈岳《おくせんじょうだけ》にせせらぎの音を立ててから、勝沼《かつぬま》、塩山《えんざん》、日下部《くさかべ》と甲斐の駅路《えきろ》をうるおし、差出《さしで》の磯を過ぎて、坦々たる甲府平野を幾曲りする笛吹川《ふえふきがわ》、西の方は遠く信濃《しなの》の諏訪《すわ》に発し、日野春《ひのはる》、竜王《りゅうおう》、小金井《こがねい》と過ぎて、濶達《かったつ》の野を灌漑《かんがい》し下る釜無川《かまなしがわ》、この二流は青柳《あおやぎ》、鰍沢《かじかざわ》のあたりで合流し、急に富士川の奔流となる。ここから富士川下りの船が出て、間の抜けたような船唄も長閑《のどか》に、蚊竜《みづち》住むと言う天神《てんじん》が滝、楊柳《ようりゅう》眠る楠甫《なんぽ》、西島《にしじま》、切石《きりいし》と過ぎれば、身延《みのぶ》の裏山がようやく見え初め、屛風《びょうぶ》岩、波《は》高島《たかじま》、波木井《はきい》、丸滝《まるたき》と下って、当時の富士身延線の終点、身延駅があった波木井を上って、身延の裏山の方へと、胸つく山道を約三里あまり、春は山吹《やまぶき》の花の黄色が乱れ、秋は満山一時に燃える、小さい山村が、この悲しい物語の舞台であった。千沙子《ちさこ》の故郷であった。

千沙子は故郷に来てもう二《ふ》た月《つき》にもなる。「あら、あたし、故郷に帰って、と思わなくて故郷に来て、と思ってしまったわ」と千沙子は呟いた。女学校を卒業したら、ぜひしばらくの間帰っていてもらいたいと言うのが、故郷に住む祖父母の長い間の希望であった。千沙子はこの山村に生れたが、父母に従って東京へ出《いで》、それからほとんど故郷に帰らなかった。今、十九の春、千沙子は祖父母の長い望みを協《かな》えるために、活潑な洋装の娘となって帰って来たのである。

長く居るつもりはなかった。おじいさん、おばあさんに申訳をしたらすぐ東京へ帰るつもりであった。千沙子は、今、何がこんな山の中に自分を引き止めておくのか、判らないのではなかった。それは確かに喜久雄《きくお》であった。

そこへ、折戸《おりど》の蔭から、喜久雄がのっそりと入って来た。紺飛白《こんがすり》を着て、尻端折《しりはしょ》りをしている下から、うすい股引《ももひき》が見えて、素足に下駄を穿《は》いたところは可笑しかった。最も可笑しいのはシャツであった。シャツの袖はボタンで止めてある。千沙子は、明治初年の青年の服装——そうだ、あれは泉鏡花《いずみきょうか》の小説を映画で見た時に、そのうちに出て来た青年があんなシャツを着ていたっけ——と考えた。

「あら、この人、お早《はよ》うも言わないで、どこか出かけるみたいな姿ね」

「お早ようごいす、お嬢さん。これから波木井までゆくけれ、何か用がごいすけ？」

「あら」そう言って、千沙子は笑った。

「あなた駄目よ、こないだからあんなに東京言葉教えたのにごいすじゃあ」

「へい、ございます」

「波木井まで何しにゆくの？」

「本家《おおや》の頼まれです。佐多夫坊《さたおぼう》さんが、突然帰って来なさるそうで、午後身延駅まで迎いに行っとくれいと申しやす」

「坊さんて坊っちゃんてこと？」

「へい、昔は坊さんと呼びましたが、今は旦那様です」

「佐多夫兄さんのことね」

「お嬢さんには兄さんでも、わたくしには旦那様です」

「私も連れてってくれる？」

千沙子はぴょんと跳ねて、縁側に身体を乗り込むようにして、お納戸の炬燵《こたつ》にあたっている祖母に向って大声に喚いた。

「お祖母《ばあ》さん——お祖母さんや、今日佐多夫さんお迎いに、わたし波木井まで行って来ていい？」

「いいけれ、歩《あ》りってゆくずら。千沙に歩りけるけ？」

「いやなお祖母さんったら、ゆくずらとは何のことよ。乗り物がないからそれよかないわ、喜久雄と一緒だから、いいずら？」

方言ではいいでしょうね、と言うのを、いいらと言う。それを間違えていいずらと千沙子が言ったので、喜久雄は笑い出した。

千沙子は喜久雄が帰ってから、長い間沈黙していた。決心をしようとしているのである。今日喜久雄と山道を歩きながら、その決心を喜久雄に話そうと考えているのである。

千沙子は故郷にかえって来た時には、甲府からの道を取った。そして甲府から鰍沢まで鉄道馬車と言うのへ乗った。山のようにお土産《みやげ》をつんで、鰍沢の船着場まで来た。これから富士川を船で下るのである。祖父《おじい》さんの手紙では、ここへ誰か迎いに来てくれるはずである。まさかお祖父さんが来ているのではなかろう、と少し心細くなっているところへ、大声で叫びながら近づいて来た男があった。それが喜久雄であった。

「お嬢さん、洋装だからすぐわかりやした」

「お前は誰《だ》れ？」

「へい。本家の下男の正平《しょうへい》の倅でごいす」

千沙子は鏑木《かぶらぎ》の新家《しんや》であった。本家に佐多夫と同じ年の、下男の倅があったことは知っていた。佐多夫が二十四のはずであるから、やはり二十四の青年であろう。巌丈な、眉は薄いが鼻の高い、顔の浅黒い青年であった。

波木井で二人は船を下りた。波木井から身延の裏山へと登る、約三里の道は、女学校でバスケットボールの選手であった千沙子にも、さすがに辛かったが、喜久雄は山のような荷を背負って平気で歩いていた。道では蛇が出たので千沙子はすっかり怖くなった。

「そうそう、ここには蝮蛇《まむし》も時々出ます、けれどもお嬢さんの、その黒い編上げ靴なら大丈夫です」

喜久雄はそう言って、今度は先《さ》きに立った。喜久雄はこの三里の道を歩み下って、小学校で精勤賞を取ったのだ。中学校へゆきたかったがもとより許されなかった。しかし、中学に通う友達から教科書を借りて説明を聞いて勉強した。そのために、ほとんど毎夜仕事を終えてから波木井まで通ったことがある。あとで千沙子は喜久雄の家にゆき、国漢から英語数学まで、中学校の教科書がことごとく筆写してあったのに舌を捲いた。それなのに教科書を、そのままほとんどことごとく暗誦してあったのには一層驚いたのである。

山道の途中に一間ほどの谷川があった。この地方の特徴で、水量の多い、急流であった。喜久雄は、三十分以上得になるから渡ろうと言う。

「私、こんな川渡れないわ」

「いいえ、お嬢さんが渡らねえでもようごいす」

「だって、じゃ私だけ置いてくの？」

喜久雄は大声で笑ったが、始めから背負って渡るつもりであったものと見える。

千沙子はこの時、我ながら不思議な感情を経験した。見も知らぬ男だったら、すぐ背負って貰ったであろう。またずっと親しい男でも何でもなかったであろう。しかし喜久雄ではそれができないと言う気持ちであった。千沙子はあとでこの経験に気がついて、「して見ると、自分はあの時から、もう逢って三時間位で、そんなにもこの男が気に入ってしまったのであろうか」と反省したくらいである。

こうして千沙子は故郷の子となった。自然の子となった。

そして身分の違いも、教育の違いも克服して、喜久雄に傾倒しようとしたのである。喜久雄はそれに値すると思った。

今日、帰ってくると言う、従兄の佐多夫は、千沙子が承認したわけではなかったが、祖父母も父母も許婚《いいなずけ》であるようなつもりでいた。佐多夫は九州の医科大学の二年生であった。だから千沙子の喜久雄を見る眼も、勢い佐多夫を標準としていた。一方は大学を出る。将来は医学博士になるかも知れぬ男であった。しかし一方は、水呑百姓《みずのみひゃくしょう》で、小学校を出たばかりで、ただ、それだけであった。しかし千沙子はこの二人を天秤にかけても、学術や文化の重さに匹敵する、人間の重さがあると思った。これから勉強させればいい。中学に行かない癖にあんなによくできるのだものと思った。千沙子は迷った。ところが、四月の終りになって、佐多夫は学校を休んで突然やって来ると言う。何しに来るのであろう。自分が卒業して、故郷にいるのを知って、結婚の決心を促しに来るに違いないのだ。

そう思った瞬間に、千沙子の決心はできた。どうしても喜久雄を得ようと決心した。この決心を述べようと、今日山道を一緒に下ることにしたのである。

千沙子は、そう思って喜久雄の眼を見た。その瞳は真黒で、白眼《しろめ》のところは、子供の眼のように青かった。喜久雄が清純な感じを与えるのもこのためであったろう。喜久雄のうちで千沙子の一番好きな点もこれであったかもしれない。千沙子が喜久雄に逢って、何か失っていたものを、やっと探し出したような感じを受けるのも、この澄んで若々しい、白眼のところの真青な眼であったのであろう。それから以来、千沙子は、逢う人毎《ごと》にその眼を見ることにした。祖父母の眼は老人でよくわからなかったが、大抵の人がよく見ると白眼の所が黄色かった。充血している血管の見える人もあった。喜久雄のように、少しも黄味を持たない、純潔な、青い白眼を持っている人はなかった。

千沙子の父の眼がそうであった。祖父の眼もそうであるらしい。しかし、喜久雄の眼は、春の若芽のような水々しい感じがあった。自分の眼は確かに黄色い。――朝起きると千沙子はすぐ鏡で自分の眼を見る癖がついてしまった。時とすると、充血して、厭《いや》な黄色をしていた。喜久雄の眼は、朝起きたばかりの時でも、あんなに青いのか知らん――そう思った。青いに違いない。午後逢っても、夜逢っても、試めしにお酒をすすめて見ても、喜久雄の眼は決して黄味がかって来なかった。飽くまで青く澄んでいた。

ある時喜久雄にその事を言って見た。喜久雄も知っていて、寒そうで厭な眼ですと言った。そしてこれは病気だと言った。

「病気？　それは嘘よ」

「うそじゃありませんよ。病気ですよ」

「じゃ、あなた小さい時病気してそうなったの、――じゃなければ、今病気なの」

「いいえ、今病気じゃありません。私の小さい頃、小学校へ東京から偉い遺伝学の先生で、鮫島《さめじま》博士と言う方が来て調査しましたが、これは青色《せいしょく》キョーマクとか言う、遺伝だって言いました。そしてこの珍らしい遺伝が、この地方にあるとは思わなんだ。これは青色鞏《きょう》膜《まく》に関する、自分の学説に反しているから研究せねばならんと言うて、その後改めて研究に来たことがあります。その時の研究では、何か不審なことがあるとかで、もう一度必ず研究に来ると言っていましたが、その後来ないのです」

喜久雄は、山を下る道々千沙子の話を聞き、千沙子の意味するところを理解した。それは、まるで天から降ったような、かつて思いもかけなかった、しかし、今、思考のうちに現れて来たあとでは、やはり考え得る範囲にあることのような感じのする事柄であった。そして何度も「そう思って下さるのはありがたいのですが、私とお嬢様とは身分が違いますから」と卑下した。また「父から聞くと、お嬢さんは、佐多夫さんと御一緒になって、鏑木の本家をつぐことにきめてあるのだと言うではありませんか」とも言った。

鏑木の本家は、佐多夫と、祖母と、それから祖母の次男で一度他へ婿入りをし、折合が悪るくて出戻ったままになっている人と、ただ三人の家族しか残ってはいなかった。それに財政上、ほとんど没落に瀕《ひん》し、ただ昔ながらの大きな邸の中に、祖母とその次男とが淋しく暮している。佐多夫の修学の費用も、新家《しんや》の方から補助されている始末であった。これに反して、鏑木新家は、三代前に本家より分れる時は微々たるものであったが、三代の精励は昔の本家の繁栄をはるかに越すような近隣九ヶ村第一の素《そ》封家《ほうか》となってしまったのである。千沙子はその新家の一人娘であった。

この両家の間に当然、結合の問題が起って来ると、両家は三代の昔にかえって本家と新家とが合一して一つの鏑木家になるような機運にあった。この地方では結婚に対してもっとも神経過敏であるのは、その門閥《もんばつ》と血統とについてであったが、ことに後者については、身延に近いあたりは、今だに癩病《らいびょう》の血統を疑わることを極度に厭《いと》う習慣があった。それで門閥血統を共に誇る鏑木両家の如きに至っては、ほとんど結婚の相手は、近隣または県下に於て二三の家ばかりと限定されているような状態にあった。この困難なる事情が、その点もっとも安心な、本家、新家両家の間に、感情上の蟠《わだかま》りもなく成立し得るならば、この地方の結婚観からは、もっとも理想的のものとされるのである。

(二)

佐多夫は、すべての方面から見て、千沙子と結婚することが最善の道であると思った。今度、千沙子が卒業して、郷里へ帰っているのを知って、春休みに上京しなかった代償として、少しの間学校を休んでも、この点を安心できる所まで進めておこうと考えて、やって来たのである。ところが来て見て驚いたのは、約一二ヶ月の間に、千沙子がすっかり喜久雄に馴れ親しんでいることであった。

「喜久雄は、俺の家の、かつて下男であった男の伜ではないか」

佐多夫はそう呟いて見た。身分も違う。門閥は下の下である。それに血統も甚だ疑わしいところがある。喜久雄の父、正平《しょうへい》と言うのは、鏑木本家が盛んであった頃、つかっていた下男であった。この下男が、血統もよくわからぬ、渡り者の下女と事を起した。事を起したからには、下男下女として同じ家に置いてつかうわけにゆかず、と言って二人共他に成業《せいぎょう》の見込みを持っているわけでもないので、止むを得ず、邸の隣地に、掘立小屋のようなささやかな家を建てさせて夫婦にさせたのであったが、二人共本家の雑用を承って生計をたてるより外はなかった。下女の方はおとらと言う名であったが、この女がただ一つ取り柄があった。それは他家のお産に手伝いに行っている間に、いつしか産婆《さんば》のやり方を覚えて、産婆代りをするようになったことである。ついに、おとらさんに取りあげて貰うとお産が軽いと言う噂が近隣村にまで聞えるようになり、便利がられたものだから、公許《こうきょ》はないがこの界隈では産婆を公けの職業にするようになった。もちろん、両鏑木家にお産がある場合にもこの女の手で取り上げられた。佐多夫の出産の時は、この産婆代りのおとら自身が臨月《りんげつ》の大きな腹をしておったが、人手には委《まか》さずに自分で取り上げの大役を果し、佐多夫生れて四日目におとら自身が喜久雄を生み落した。それでこの二人は身分は甚だ異るが、同い年であった。

千沙子もまたこのおとらに取り上げて貰ったのである。この時も、新家で千沙子が生れると同時に、本家でも佐多夫の妹が生れた。あとでおとらが喜久雄に話したのには、この両家の出産は、ほとんど三時間の違いしかなかったものだから、陣痛は同時に起り始めた。その二つのお産を、一人で取りあげたのだと自慢話にしていたくらいである。千沙子の場合には、本家の赤ん坊は、二三週間で死んでしまい、千沙子一人だけが生い立ったのである。

おとらはその後、近隣村からお産に招かれるようになると共に、堕胎事件などにも関係して、一時警察に引っぱられたことなどあり、ついに産婆をするのを禁止されたのであったが、その後は千沙子の母のところに瀕々《ひんぴん》として出入りをして、常にいろいろなものを貰ったり、ほとんど生計の費用などもここから出たようであったが、千沙子の母がどうしてああまでおとら女《じょ》を愛したかは不明であった。やがて、千沙子の母も、千沙子四歳の時に亡くなり、新らしい母が来ると共に、おとら女の足も遠くなって、ついにとら女もまた死んでしまった。

とら女が死んでから、正平は酒に耽るようになって働かなくなった。やがて本家の家運が傾くと共に、本家の地所なども順次に新家のものとなってゆき、正平もまた現在の住所に移り住んだ。

喜久雄はこうした父を持ち、こうした母より生れたものである。下賤も下賤、これより底はない。

「まさか、千沙子が、喜久雄と約束などあるようなことはあるまい」

故郷へ帰った翌日、すでに千沙子と喜久雄の親しいのを看破した佐多夫は、何とも言えぬ憤懣を感じた。下賤なのはまだよい。喜久雄の血統に至っては、悪いことは周知のことだった。

血統のことは喜久雄には一番痛いところであった。喜久雄七歳のある秋の夕暮、物悲しい薄暮《はくぼ》と共に、家後の山からのっそりやって来た巡礼姿の女があった。喜久雄の母もその誰なるかを見分けることができないほど、この女の顔は崩れ、指は落ちていた。嗄《しわが》れた声で、やや物語りを述べてから、これがおとらの母、すなわち喜久雄の祖母であることが判明した。

「お前達の迷惑になってはいけんから、少し銭をくれろば、わしは立去るからな」

この女はそう言った。

「おお、これがわしの孫け？」

そう言って、喜久雄を撫でようとした時は、喜久雄はあわてて逃げた。その夜のうちにこの老いた女は立去ったが、喜久雄の恐怖は長い間残った。この女はそれからも二度程、母のところにお金を貰いに来たことがあったのを喜久雄は記憶に止めている。この噂は村人にも知られずにはいなかった。この地方では喜久雄の血統は悪しき方に算入されているのはこんなわけであった。

佐多夫は山地の畑に春光《ひかり》を浴びて働いている喜久雄のところに、散歩をかこつけて行って見た。そしてこの血統のことを思い出さして、喜久雄の身分知らずの反省を促そうと言う下心であったのである。

「坊さん、あなたは医科大学で勉強されたのでしょうが、癩病と言うのは遺伝ですか」

「いいや、あれは伝染病さ、決して遺伝病じゃない。しかし接触伝染だから一家のうちにあればまず伝染の機会は免れない。だから血統とも言えるのだ」

「どこから伝染《うつ》るのですか」

「どこからとは言えない。子供の頃に伝染ってしまうのだな。潜伏期が長いから、まあ長いのになると十年二十年もかかるから、年頃になって自分が病気だと言うことが判るようになる。これも血統だなどと思われる一つの理由だ」

喜久雄は急に熱心になった。

「すると始めはどんなにして判りますか」

佐多夫はこれを説明した。癩にももちろん種類はあるが、初めは身体のどこかに局部的に、感覚脱失を生ずる。針をさしても痛くない部分などがある——と。

二人は大分和やかな気分になった。佐多夫も春の真昼頃に、富士川を見下すこの壮大な景色に見惚れていた。ところがこの時、畑道の下の方から、満面の日光を受けながら、田舎には見たこともないようなパラソルが一つ上って来た、そして、笑顔をしながら、千沙子が包み一つをかかえ、息をはずませながらやって来たのである。

千沙子の顔を見ると、佐多夫は心のうちで、喜久雄に対する嫉妬が湧き上った。

「千沙ちゃん。その弁当、誰れにもって来たのだい」

「それは、あなた方お二人よ。佐多兄さんと喜久雄さんと」

喜久雄、と呼び捨てにしなかったのを、佐多夫は厭に思った。喜久雄は二三日前から急に自分を呼び捨てにしなくなったのにハラハラした。そして顔を真赤にした。佐多夫はそれを見て、遣り所のない憤懣を感じた。

「千沙ちゃん、君に話したいことがあるのだがね」

「私に？――何《な》あに？」

「いや、君とだけ話したいのだ。今日君のヒマな時に、新家へゆくから」

「ええ、いいわ、私弁当の皿を返して頂けば帰っているから」

弁当と言うのはお寿司であった。佐多夫も喜久雄もすぐには手をつけなかった。

「あら、可笑しい。食べなさいよ。どうして食べないの、私手を出すわ」

そう言って、千沙子は手を出した。そして自分で取って、寿司を一つ喜久雄に差出した。喜久雄は自分に先きに出されたので、手が出せなかった。この遠慮を見抜いて「佐多兄さんは衛生家だから、自分でお取りなさいね」そう言って、無理に喜久雄に手渡した。

午後、千沙子が待っていると、佐多夫がやって来た。話しは癩病の話で、喜久雄のような血統の疑われているものと親しくしてはいけないと言うことであった。

「癩病って伝染病だってこと、佐多兄さんだって知ってるじゃないの、あたし、今日山路《やまじ》の畑で、喜久雄にお寿司手渡したの見てたでしょう。それなのに変なこと言う兄さんのお気が知れないわ」

千沙子の答は、極めて心理的で、そして断乎《だんこ》としていた。佐多夫は蒼くなってしまった。怒りと、そして絶望で。その怒りは階級を頼む心から来る怒りであった。

この話を、あとで喜久雄は千沙子から聞いた時、自然の感情で泣いた。そして「罰《ばち》が当ります」と言った。

「罰なんてないわ、そんなもん」

そう言った千沙子を、喜久雄はまじまじと見た。階級も迷信も全く持ってない、明るい、新らしい時代をそこに見た。そして、階級や身分や、迷信で縛られている自分を顧みて耻《は》じた。自分が、この小さい娘で高められてゆくのを喜久雄はしみじみと感ずるのであった。

こうして、険悪のままに一日か二日が過ぎた。この陰悪な雲行きは何か事件を起さねば止むことができないようであった。

喜久雄は、身分や血統のことは最早《もは》や何でもなくなった。ただ一つ、どうしても克服できないのは、あたかも自分が佐多夫の地位を簒奪《さんだつ》するような点であった。しかし、父親に話したら、父親は喜んで賛成してくれるだろう。この貧しい父子の生活も、これで終ることもできるのだ。——そう考えて、とも角も父親の意見を求めて見ようと、その晩、父親に話してみた。ところが父親の返事は案外であった。

「何を大《だい》それた望みを起すのだ。千沙子嬢さんは、親家の一粒種で、あの大身代《おおしんだい》の後継《あとつぎ》だ。そしてそれは佐多夫さんのものときまっとる。下男の倅の分際で、身の程知らぬ望みを起すな」

そう言う意味のことを言って叱った。

「では、お父さんはどうしても許さぬとおっしゃるのですか。そして、それは、ただ、身分が違うから済まぬと言うだけの意味ですか」喜久雄がそう言って追求すると「いいや、それだけの意味ではない。

もっと重大な意味がある。知ってる通り、鏑木家は峡南《きょうなん》第一等の血統、門閥だ。ところがどうだ。俺のうちは血統が悪いのだ。ことに、喜久雄、お前の血は汚れてる。お前のお母さんの方が汚れてるのだ」

父親はそう言って我鳴《がな》りたてた。それは、知らずして、血統の悪い妻をめとった憤懣を、我が子に対して発したような風でもあった。酒にまだ酔っていたせいもあるであろう。ついに、自分で自分を罵って「なりん坊め！　お前等はな、鏑木のお嬢さんに本当なら口をきくこともできんのだぞ」とわめき散《ちら》した。

近所とてない、山の上の一軒家であるから、いくらどなり散らしたとて遠慮はない。しかし、父親は何か手に持っていたものを投げて、豆ランプを消してしまった。この山の上の一軒家に引込み線のあまりに高価なために電灯は引いてなかった。うす暗い、ただ一つの豆ランプが、この家の灯であった。豆ランプの鰥夫暮《やもめ》し、この薄明を手頼りに、この幽暗の世界で、喜久雄は中学の教科書をせっせと筆写したのだ、一生懸命に暗誦したのだ。何のためにしたのであろう。勉強が楽しくもあった。しかし、それよりも、勉強が何か自分の将来を、この幽暗な世界から引きあげてくれはしまいかと言う期待があったに違いない。

そして、千沙子が自分を愛してくれたことは、運命の救いであった。喜久雄はどんな苦労してでもい い、千沙子に引き上げて貰いたかった。美しい娘と結婚すると言うこと、それよりもこの幽暗の運命を打開するために、千沙子にすがり付きたかった。父親とても同じであろうのに、――喜久雄には父親のこの怒りが解せなかった。

いつもまめな喜久雄も、今日は豆ランプに手を出さなかった。闇の中にじっと坐っていた。その闇の中から、父親の悪罵がまだまだつづいていたのである。

(三)

翌日の朝、喜久雄は野良に出かけた。気が晴れ晴れしない時は、仕事をするのが癖であったから。四月の陽光《ひかり》を浴びながら、時々物思いに沈もうとする我れに気がついた。そして、それを忘れるために、野良仕事に精を出した。丁度真昼と思う頃に、松公《まっこう》がやって来た。これは十二三歳になる、聾唖《おし》の子であった。川に落ちたのを、かつて喜久雄が助けてやって以来、松公は喜久雄の忠実な家来であった。怪しげな声をあげて、葎《しき》りに呼びかけるので、見ると手に何か紙片を握っている。

それは千沙子から彼に宛てた手紙であった。ぜひぜひ話したいことがあるから、午後二時に和戸《わど》まで来てくれとある。和戸と言うのは、喜久雄の家から小山一つ上の、見下しのきく場所の名である。喜久雄は、この手紙で幾分か救われたような気がした。そして、野良仕事をきり上げて、持って来ていた弁当を、松公と半分わけにして食べた。

松公と手真似でしばらく会話をして見た。正平がその朝、千沙子の家に出かけたらしい。そして佐多夫も行っていたらしい。何か事件が起きたのではないかと、危ぶみながら、家に下って見ると、父親は

囲炉裏のところで、酒を飲んでおり、珍らしくも、佐多夫が来ていた。佐多夫は別に、喜久雄に対して敵意を含んでいるようにも見えなかったが、喜久雄が帰るとすぐ座を立って、帰りかけた。家には古い眠覚まし時計が一つあった。一時半であったが、正確かどうか怪しまれたので、佐多夫に聞くと、佐多夫は腕時計を見て、一時二十分だと答えた。そしてそのまま帰って行った。

喜久雄が帰って来たので、父親は又愚図愚図言い出した。結局二時が過ぎたので、喜久雄ば黙って家を馳け出し、約束の時間に後《おく》れたのを心配しながら、和戸へと、裏道から上って行った。音を立てぬように、後ろの山道からそっと出ると、たたんだパラソルの先きが見えた。パラソルを握りながら、千沙子は、泣き出しそうな、不安そうな顔をして、一心に前の方を見つめていた。彼を待っているのであろう、何とも言えぬその悲しげな眼付を見た時に、喜久雄は千沙子の恋の証拠を見たように

思った。

千沙子は喜久雄を見て喜んだ。そして、佐多夫が新家にやって来て、結婚の問題について話し出したが、千沙子はキッパリ断ったこと、ところがすぐあとから、正平爺がやって来て、喜久雄から昨夜相談があったが、あれは済まぬことだからお断りすると言うて来たことを告げた。

「喜久雄さんと昨夜どんな話があったの?」

喜久雄は昨夜の話を述べた。もう包みかくすことはないと思って、癩病の血統の話しもすっかり述べた。

「まあひどい親ね。自分の子供を癩病のように言うなんて。——私、ハワイの話を聞いたの。癩病の親から、生れ落ちるとすぐ隔離して育てる研究があるそうだけれど、そうすれば子供は決して癩病を起さないと言う実験がきまっているそうよ。時々、親に面会させるんだけれど、それは厚い硝子《ガラス》を隔ててやるのだそうです。子供は近づくのを厭がるって言うけれど、親だちはその硝子に顔を押しつけて懐かしがるって言う話だわ。癩病が血統だなんて言うの、自然科学のわからぬ人達の間にある迷信じゃありませんか」

「ありがとう。お嬢さん、私、あなたのためならどんな事だってしてします。けれど、結婚だけはできないような気がするのです」

「できない、ですって？　意志さえあればできるではありませんか」

「けれど何か運命が妨げているような気がしてならぬのです。――それに私は中学へも行ったことがないし、こんな田舎で、もう二十四にもなってしまったのです」

「これから東京へ行って勉強すれば、そんなこと何でもないわ」

「この世に生れてから、お嬢さんのような心持ちで私を取り扱ってくれた人は誰もいませんで

した。父も母も、そんなではありません。唯一人の父親はあの通りの酔っ払いで、あの人を置いてゆくこともできないのです。昨夜も、今日も、結婚だけは許さぬ。妨げてみせると言っていました。前に酒に喰《くら》い酔って、囲炉裏で火傷《やけど》して、死にそうになったことがありました。あの時、死んでいるとよかったのです。——あの時でなければ、今日にも火事になって死んでくれればいいのです」

　こんな事を言うていた時、偶然と言うか、眼の下に見える、喜久雄の家の後ろから煙のようなものが上ったと思われた。「おや」と云って二人で見ているうちに、——それは確かに火事であった。一人残して来た父親が、酒に酔ってとうとう火事を出したのだ——

　喜久雄は、千沙子を置いて山を駈け下りた。真直ぐに家に下る道に、一つの曲り角があって、その角の百姓家は、庄《しょう》どんの家であった。喜久雄がこの家の前を通ろうとすると、突然に佐多夫が前に立った。

「喜久雄、言うことがある——貴様は今どこに行っていたのだ」

「坊さん。とにかく、あとでゆっくり話しますから、今は勘弁してください。あれ、あの通り私の家が火事になってるのです」

佐多夫は始めて気がついたように、振り向いて見た。藁屋根は早く燃えると見えて、もう黒焔《こくえん》が一杯上りつつあった。この時二人の袖をくぐって、一散にかけ下りた者があった。見ると松公が毬《まり》のように丸くなって馳けていた。喜久雄もこれに勢を得て、喜久雄をなおも阻止しようとする佐多夫を潜りぬけて馳け下りた。すると、それにつづいて、佐多夫もなぜか、追い越すような勢でかけ下りた。

ちょうど、この時間に、高良井《たからい》巡査と松山《まつやま》巡査とは、遺伝学者の鮫島医学博士と、その助手二名を伴って、波木井から上って来た。そして、鏑木家の新家の方へ来て、調査中の便宜を見て貰いたいと頼んで来た。調査は青色翬膜の遺伝に関する調査であった。

鏑木新家の好意で、ともかくも上り込み、それぞれ調《しらべ》の下相談などしている時に、村人の火事だと言う声を聞いたので、二人の巡査はあわてて、喜久雄の家へと、山路をかけ下ったのである。

火事の現場についた時は、喜久雄は、ちょうど、煙に巻かれた父親を担ぎ出しているところであったが、父親は死んではいなかった。ただぐったりとなって眼を瞑《つむ》っている。高良井巡査は、家の廻りをまわり歩いている佐多夫を見た。父親の方はそのままとして、高良井巡査は、まず火事の原因を調べようとした。正平爺が囲炉裏の傍で不始末をしたために、火はそこから発したと想像しておったが、案外にも火は家後の物置き場から出ている。これは藁屋根の庇《ひさし》の下が物置き場に作ってあったが、火はこの庇の右端から発し、すぐ藁屋根に燃えつき、それよりただちに屋内に燃え拡がったものと見える。ところが庇の他の端に妙なものがあった。それは新聞紙に石油を浸してうず高くつんで、その上に提灯の台底《だいぞこ》がのせてあった。

「これだ。あっちの庇にもこれと同じものがあって、その方へ火をつけたものに違いない。右と左と両方からやろうとして、一方だけで足りたのか、とにかくこれは立派な放火で、これが証拠物件だ」

高良井巡査はそう言って、これらのものを押収した。

高良井巡査と一緒に数名の村人が馳け下りて来たが、その中には千沙子もまじっていた。何しろ小山の上の一軒家で、用水は樋から山水を導《ひ》いたものしかなかったから、消火はほとんどできなかった。かつ大きな家でもないのでたちまち全部が焼け落ちた。

喜久雄は父親を担ぎ出したあと、もう一度本能的に煙の中へ入ろうとしたが、その袖を千沙子がしっかりつかんだ。

「何も出さなくてもいいわ。この家にあるくらいのもの、あたしみんな出してあげてよ」と止めた。

父親は腰から下に、大火傷を負ったが、不思議にも胸から上は少しもやられてはいなかった。佐多夫が、さすが医科大学生であったから、脈を取っていた。

「どうです、生命は？」

「生命はあります。ただ意識を失っています」

高良井巡査がこう尋ねている時、鮫島博士と二人の助手の医学士とが下りて来た。鮫島博士は、二人の医学士に向って、

「とにかく、君達で診てやってくれたまえ、一酸化炭素の中毒ではないかな」

「先生。一酸化炭素の中毒ではありませんね。これは睡眠です。酒による睡眠だったら、火傷で眼覚めるはずですが、馬鹿によく、鼾《いびき》をかかんばかりに睡《ねむ》っていますよ」

「ふうん」鮫島博士はそう言って、じっと睡っている男を見た。そして高良井巡査に向って、「君、これは面白そうな事件だ。僕も犯罪捜査に少しは関係したことがあるが、よければ、これは僕に委せて見たまえ」と言った。

こうして、この事件に、鮫島医学博士が関係することになったのである。

（四）

鮫島博士は、喜久雄の父親を、鏑木新家まで担がせて来た。そして、二人の学士に命じて、まず、睡っているこの男の口に指を入れて、嘔吐《おうと》を催《もよお》さしめた。ごく少量の胃内容物が吐き出されたのを、丁

寧に小さい広口瓶に入れた。

「笹井君。僕等のもって来た薬のうちに、アポモルフィンがあったかね」

「たぶん、あったと思います」

「あったらこの老人に注射して、胃の内容物をもっと吐かしてください」

鮫島博士はそう言って、高良井巡査に何か小声で相談した。これは取った胃の内容物を、信用のおける村の青年に、甲府まで持たしてやって、至急分析して貰うためであった。鮫島博士が、なお、この老人の調査をしている間に、もう夜になったが、高良井巡査と松山巡査とは、一室を借りて、放火の調査をやっていた。喜久雄も佐多夫も、その他二三の参考人も調べたが、結局放火犯人としては喜久雄に対する嫌疑が一番濃かった。殊に高良井巡査は、かつて小作争議のあった時近隣数ヶ村の小作代表としてこの若い青年が、諤々《がくがく》の議論を述べて自分を窮地に陥れたことがあったものだから、ひどくこの青年を憎んでいた。

「喜久雄、この火事はお前が、結婚問題で父親と意見の衝突を起し、不届きにも酔っている父親を焼き殺そうと放火したに違いなかろう。今日、お前が野良から帰ったのが一時二十分で、佐多夫が辞し去ったのが一時三十分、佐多夫はあれから庄どんの家に三時近くまでおったことがわかっている。お前は二時半に千沙子嬢さんと逢っているが、二時頃家を出る時に、物置場に石油を浸した新聞紙を置き、これに火をつけて出たに違いない。酔った父親が囲炉裏から火事を起したように見せかける計画だったろうが、火事はあまりに早く見付かってしまったのだ。証拠が上っているから、早く白状しろ、今白状したら、自首したことにしてやるぞ」

喜久雄は、覚えがないと言って、頑として承認しなかった。喜久雄が乱暴に取り扱われているのを隣室で聞いて、千沙子は泣いた。泣いている千沙子の肩をたたくものがあるので、千沙子が顔をあげて見ると、それは鮫島博士であった。

「泣かないでもいいですよ。私が言うてあげるから」

そう言って、博士は隣室に入った。

「高良井君、あまり乱暴だね」

「どうもやはり一気に白状させておきませんと、こう言う犯罪はこじれるものでしてね」

「うん、そうに違いないが、僕には考えがあるのだ。だから、今夜の訊問は明朝にのばそう。その代り、今夜のうちに父親が眼がさめるに違いないから、その方の証言を取ろうじゃないか。この方こそ抜け眼なくやらぬと死ぬ恐れがある。とにかく大変な火傷だから——」

鮫島博士の予言通り、その夜十二時が過ぎてから父親は苦痛を訴え出した。そして翌朝は充分意識を恢復して、火傷の苦痛はあったが、証言ができるようになった。

この事件の報告により、その朝は甲府から、田辺《たなべ》警部補が調査にやって来た。

高良井、松山両巡査は、父親の証言の方にかかって、鮫島博士は、田辺警部補と共に、喜久雄の訊問にかかった。席には千沙子も呼ばれた。

「君が野良から帰ったのが、一時半だったのかね」

これが鮫島博士の第一問であった。

「そうです、一時二十分でした」

「その時佐多夫君が君の家に来ていたと言うが、お酒は二人で飲んでいたかね」

「そうですね、二人じゃありませんでした。おやじだけで飲んでいました。」

「千沙子さんと逢ったのは何時だったろう」

「私知っていますわ。それは二時半でした。私、約束より三十分待っていましたから」

「和戸まで、君の家から上るのに何分かかるかね」

「まず、十五分でしょうか」

「すると二時十五分に君は家を出た事になるね――、それから、和戸で千沙子さんと逢って、何分くらいして火事に気付いたのかね」

「私、答えられますわ。二人で火事の始めから見ました。喜久雄が上って来てから二十分くらい最初の煙が上りました」

「ふうん、僕は衛生学をやってるから、藁屋根で火がついてから、煙の上るまでの時間を研究したことがあるが、乾いていればまず十五分だ。それで放火は、佐多失君が家を出てから四十五分、君が家を出てから五分くらいであったとしていい。だから時間的には、喜久雄君が家を出る時に放火したと言う、高良井巡査の推定に一致すると言っていい」

鮫島博士はそう言って、気の毒そうに千沙子の方を見た。そうした後、博士は松公を呼び入れさした。松公は部屋に入るや、すぐ喜久雄のところへ走って来た。

「喜久雄君、松公と言う子供を昨日調べて、こんなものを持っていたのだ。これをどこで拾ったか、君が一番通訳が上手だろうからやってくれ」

博士のポケットより取り出したものは、蠟燭《ろうそく》の燃えさしであった。喜久雄は松公と手真似で話した。そして「松公はそれを火事場で拾ったと言ってます。松公は一番初めに火事場に行ったのが自分で、二番目に来たのが私で、三番目が佐多夫だったと言っています」

「それでわかった。犯人は家の廂の右と左に、石油を浸した新聞紙を置いて、その上に蠟燭を立てた。蠟燭に火をつけて、これが燃え尽きた時に、火事が起るようにした。一方の蠟燭は消えて目的を達しなかったが一方は燃えついたものと見える。二つ置いたのは早く焼くつもりだったろうが、目的を達しなかった方の蠟燭が、松公に拾われてしまったのだ――さてそこで、この同じ長さの蠟燭が、何分で燃え尽きるかを実験して見よう。それで犯人が放火したのが、昨日の何時頃かが推定できる」

博士はそう言って、皆の見ている前で、蠟燭に点火した。二十分たって蠟燭は二分一くらいの大《おお》きさとなった。この時、博士に宛てた電報が届いた。それは甲府からの分析結果の報告であった。

蠟燭は全部で四十分を費して燃え尽きた。

「これで判る通り、放火は昨日の午後一時三十分頃である。この頃誰がいたか。これは喜久雄が帰って来て、佐多夫が出て行ったあとの時間だ。この間に、家の後に行って蠟燭に火をつけ得るものもまた喜久雄と佐多夫だけだ――ところが、それは佐多夫であろうと推定する根拠がある」

そう言って博士は電報を読んだ。「胃内容物ノウチニ**ヴェロナール**多量ニ存在ス」とあった。

「佐多夫は、正平爺の酒の中にヴェロナール（麻酔薬）を多量に混ぜて飲ました。だから火傷をしても、なお深い睡りが醒《さ》めなかったのだ。ヴェロナールを所有している人は、この村中を調査して、ただ一人しかない。それは医科大学生の鏑木佐多夫だ。佐多夫が犯人であることは確かである。私は今朝、佐多夫を捕えさせる手はずにしておいた」

博士がそう説明した時に、喜久雄も千沙子もハッとした。そしてしばらく一同黙っているところへ、高良井巡査が入って来た。

「先生、残念でした。佐多夫君は失踪してしまいました。昨夜おそく、父親が眼覚めかけた頃か、今朝早くだろうと思います」

鮫島博士はそう言われても、別にあわてなかった。何かそれを予期していたように、話をつづけた。

「では一体、犯行の動機は何であるか。動機から言えば、むしろ喜久雄の方が持っているくらいだ。――だが、この点は、私は父親の恢復《かいふく》するのを待って、ある暗示を与えれば出てくると推定した。それで今朝、父親には、暗示を与えて置いた。火傷のために死ぬ前に、意識が全くはっきりして来さえすれば、何か必ず出て来なくてはならぬはずである。――暗示と言うのは、喜久雄が捕えられて、親殺し放火の嫌疑で捕えられていると言うことを言ってあるのだ」

鮫島博士の予言は、その後数時間を出ずに実現して来た。正平は遺言をしたいと言うて述べた。これを松山巡査が筆記し、本人に読み聞かせて署名させた。署名がすんで約二時間で、正平は死んだ。鮫島博士も田辺警部補もこれに立会った。それは次のような、全く思いもかけぬ遺言であった。

死の遺言

今、眼が醒めて、火事の話を聞いた。喜久雄が親殺し放火の嫌疑を受けて調べられ、そうだと白状した話も聞いた。けれども、放火であったとしても、喜久雄ではない。また縦《たと》え喜久雄が放火し、そのために、わしが死んでも（そうだ、わしはもう助からぬであろうが）喜久雄は親殺しではない。

なぜならば、喜久雄は、わしの実子ではないのだ。これはわしのこの世への懺悔だ。どうかよく聞いて貰いたい。佐多夫は、今、鏑木家の若旦那となっている。実は、佐多夫が本当のわしの子です。この正平夫婦の子です。

佐多夫と喜久雄とは、四日違いで生れた。生れたあと、本家の御新造《ごしんぞう》は、ひどい産褥熱《さんじょくねつ》にかかった。

それで本家の子供も、乳を呑ますために、わしの家に預かった。幸いわしの妻は乳が多量にあったので、両側に同じような男の赤ん坊をねかして預かっておりました。夫婦は寝物語に、我が子の不運を嘆くと共に、同じように睡っている一方の子の幸運を羨みました。こうしている間に、罪悪の心がこの夫婦の間に起って来ました。親ですら見違えるような、この二人の赤ん坊を取りかえておいたならどうであろう。そうすれば、貧しい運命に生れて来たわし共の子が、栄耀栄華《えいようえいが》ができる。たとえ親子と名のらないでも、我が子の栄耀に暮すのは楽しいではないかと。

喜久雄、どうか許してくれ。お前は本来、水呑百姓の、血統のよくない、わし共の子ではない。けれども、喜久雄は取りかえられたとも知らずに、この親ならぬ親によく仕えてくれた。父は呑んだくれの酔払いで、母は堕胎だのその他、世間様の眼にあまる性悪《しょうわ》るをする女でありながら、喜久雄は親に似ぬ鬼っ子であると言われていた。小学校は一番であった。青年団では近隣八ヶ村の団長であった。正を正とし、邪を邪とする。それが真の鏑木の血統の証拠です。ああ実に、親に似ない子を鬼っ子と言いますが、喜久雄は鬼のようなしっかりした子です。

ところが、佐多夫は我が子ながら、喜久雄とは反対の陰険な子で、幸い鏑木の家に育てられたればこそ、大学へもゆきましたが、これがほんとうのわし共の家で育ったのだったら罪の深みへ陥ち込むような子です。下男下女を人とも思わぬ、仲間には不親切な、いつも心の底に悪を含むような、生みの母親とよく似た性質です。つい一週間ばかり前に帰って来てから、不思議にも学問上わかったとか言うて、わしをほんとうの親だろう、白状せいと言うて来ました。始めはそうではないと申しましたが、あまりに知っているような事を申しますので、事実を教えてやりました。その時の佐多夫のわしを見た眼の軽蔑、怨恨、それは悪意の塊《かたまり》のようで、貴様これを他人に言うと承知しないぞ、ことに喜久雄に言うでないぞ、俺が千沙子と結婚してしまうまでは、どんな事があっても他言はならぬ。もし他言したら殺す。俺は医学を学んでいるから、誰れにも発見されぬように人が殺せるのだ、と言います。もちろんだ、今まで誰一人に言うたことはない。ただお前が執念深く言うから言ったまでだ。わしはしかし、毎日良心の苛責を受けておる。わしの酔払っているのは、その苦しい心をまぎらすためだと申し聞かせました。ところが運命は何と言う恐ろしい事でしょう。千沙子嬢さんが喜久雄に惚れて、結婚の話まで持ち出されることになりました。わしがこの結婚に反対したのは、喜久雄の生命の安全なように、かつ佐多夫が親を殺すようなことのないようにそうするのがいいと、浅墓《あさはか》な知慧で考えたことです。

喜久雄どうか許してくれ。世が世ならば鏑木の嫡男で、当然千沙子お嬢さんと結婚する身分なのに、水呑百姓の伜で、これから一生うだつの上る瀬はないのだ。喜久雄がわしを殺すために放火したとしても、わしは少しも恨みには思わんのです。だからよく申します。わしが殺されても、喜久雄は親を殺したのではありません。喜久雄の下男を殺したわけになるのです。東京のどんな裁判所へでもこのわしの遺言を出して証拠としてください。もしこれからでも、法律上有効であるなら、喜久雄を正統に戻してください。千沙子嬢さんが惚れてくれたのは、早く喜久雄を正統に戻せと言う氏神様のお告げでしょう。

どうかわしの懺悔を用いて、そうできるならしてください。佐多夫のこともお願いがあります。取りかえ子をしたのも佐多夫には罪がありません。もう二年勉強すれば医学士ですから、そうさせてやって親のような水吞百姓から脱れるようにせめてさせてやってください。お頼み申します。

鮫島博士は、これを読んで「予期した通りだ。さすがは医科大学で勉強しただけあって、佐多夫は、学理上から自分が鏑木家の嫡男でないことを推論していた」と言った。

「その根拠は青色鞏膜だ。これは眼の白眼のところ、あれを学問上鞏膜と呼んでいるが、これが簿いために、中の血管が透き通って見えるから、青く見える、そう言う体質だが、これがメンデルの遺伝法則に従って規則正しい遺伝をするのだ。すなわち青色鞏膜になると言う遺伝形質がある。しかもこれは優性遺伝形質なのです。優性と言うのは誰でも知っている通り、その形質を遺伝されていれば必ず出てくると言うことだ。劣性と言うのもある。これは両親から共に同じ形質を遺伝された時に始めてその体質になるので、一方の親からだけ遺伝を受けたのでは、自分はその形質は持っているが、体質としては出ない。優性の場合は両親の一方から遺伝されればすなわちともかくもその形質を持っていれば必ず体質に出てしまうのである。だからこの青色鞏膜は、その体質を持っていなければ、形質を遺伝されていない証拠だ。佐多夫の両親に当る鏑木家の父親は青色鞏膜だった。これは、前に私の調査した時の記録にもある。その母親は普通だ。この二人の子供は、青色鞏膜が出てもいいし、出ないでもいい、両方の場合がある。だから佐多夫は青色鞏膜ではなかったが、これは矛盾しない。ところが、正平夫婦は両方共普通だ。しかるに喜久雄は青色鞏膜である。普通の夫婦からは絶対に青色鞏膜が生れるはずがない。だから喜久雄は正平夫婦の息子でないことは絶対に確かである。佐多夫は同い年で、同じ乳を暫らく飲んだ自分と佐多夫を学理上考察して見て、取りかえ子の事実を推定したに違いない。これは疑いのうちはまだよいが、父親が佐多夫にその取りかえ子の事実なるを告げてしまったから、もう動かすことのできない事実となってしまったのだ」

地位は、今や全く顚倒してしまった。喜久雄こそ鏑木家の嫡男で、当然、千沙子を所有していいことになってしまった。喜久雄は鮫島博士のために二重の喜びを得た。一つは自分の正統なる権利を確保したことと、もう一つは放火の嫌疑を免れたことである。

（五）

喜久雄にも、千沙子にも楽しい日が来た。折柄身延の山は、万花《ばんか》ことごとく開き、野鶯《のうぐいす》の声が荐《しき》りであった。運命がさながら二人に向って笑みかけたようであった。

ところがこれは一時の微笑《ほほえみ》であった。たちまちにして変換して、再び思い懸けないことが降って湧いた。それは佐多夫失踪して四日目に、佐多夫の失踪の遺書が、鏑木本家の二階から発見せられ、しかもその内容は、喜久雄と千沙子の運命を、再度逆転せしむるようなものであった。

失踪の遺書

喜久雄君と千沙子さん――この手紙は僕のいなくなってから発見されるだろう。そして君方《きみがた》二人の運命は決して結婚を許さぬものであることが明らかとなるだろう。

僕は鮫島博士と逢って見て、恐らくこの明敏な人々は僕が工夫して放火したことを早晩見破られるに違いないと覚悟した。と同時に、その放火の動機から遡って、僕は正平の子であって、君こそ正当な鏑木家の子であることを看破するであろうと覚悟した。しかしこれは僕の責任ではないから止むをえない。僕はもうしばらく生きたいのでとにかく失踪してしまうことに定《き》めたのだ。

さて、喜久雄君が鏑木家の嫡男であり、僕がそうでないことを物語るのは、喜久雄君の青色鞏膜なのだ。ところが、この青色鞏膜が、さらに因果な、さらに不思議な運命を、正に語っているのだ。

それは喜久雄君と千沙子さんとは、血を分けた同胞《きょうだい》だと言うことだ。

資料に欠けるところはあるが、喜久雄君と僕とを取りかえた、おとら婆さんが、鏑木家の本家と新家とほとんど時を同じゅうしたお産を取り扱った。そして一方が生き残って新家の一人娘の千沙子さんとなり、一方は死んでしまった。ところが死んだのは新家の方の赤ん坊で、生きたのが本家の赤ん坊でなくてはならぬ。その証拠には新家の千沙子さんの父と母とは、共に青色鞏膜であった。後にこの母の方は亡くなったから、今はいない。この両親が青色鞏膜であって、子供が千沙子さんのように普通な眼であるのは、遺伝学に反する。青色鞏膜は遺伝されれば必ず体質として出てくるはずだ。

ではなぜ、ここでも取りかえ子が行われたのであろう。それは、一方の子供が生れつき弱くて死にそうであった事実で説明しうるだろう。しかも死にそうな赤ん坊の方の親が、子供をぜひ欲しかった。そこで悪者の、おとら婆さん（これは実は僕の母親なのだが）策をめぐらして、着物を着かえさせておいたのだ。喜久雄君の真の母、千沙子さんの真の母、共に死んでしまっているから、それを問い正すことはできないが、遺伝学がこれらの不思議な物語りをするのだ。この僕の結論が変だと思ったら、幸い鮫島博士に尋ねて見よ。僕は大学まで行くようになって、僕の一生を滅茶滅茶にするような事件に逢った。今、君だち二人に、同じような事件を贈るのは、僕の復讐《ふくしゅう》でもあるような気がする。僕の失踪を探しても、これ以上のことは出てこないと考えてくれ。

この手紙は悪意に充ちているようでもある。しかし、この手紙の内容の事実であることは、喜久雄も、千沙子も拒むことができなかった。気丈な千沙子は、この手紙を鮫島博士に見せることをしばらく拒んでいたが、ついに見せた。鮫島博士は古い調査記録を調べていたが、この事実を承認し、証明するより外はなかった。

「ああ、この理論に誤りはありません。戸籍上、法律上の問題は訴訟を必要とするでしょうが、真の同胞たる事実は真ですから、結婚は不可能です」といかにも気の毒そうに断定するのであった。

千沙子は全く絶望してしまった。喜久雄が鏑木家の嫡男であることが判って、その喜悦が大であっただけ、その絶望は大きかった。そして、納戸のうす暗い、祖母の寝床の中に入って、子供のように泣きながら、二日間飲まず食わずであった。

祖母が皺《しわ》だらけの手で、孫の悲しい髪を撫でてくれた。千沙子の悲しみは、同時に祖父母の悲しみでもあった。

三日目の午後、心を決しかねた二人の男女は、力なく、身延より波木井へ下る山道を歩いていた。しかし、それはどこへゆくめあてもなかった。

「喜久雄さん。私、あなたが正平のほんとの子であってくださるとよかったと思うわ——同胞だなんて、私、どうしても思えないの」

「しかし、千沙子さん。私は学問がないけれど、自然科学の教えるところは、神の声——そうです。大自然の命令だと思います」

「命令？——そうね。でも私、佐多夫さんの遺書を見た時、これはいっそ鮫島博士なんかに見せないで、握りつぶしてしまって、あなたと結婚してもいいと一度決心しそうだったわ。私ね、悪るい女でしょ」

「いいえ、千沙子さん。同胞って感情は、一緒に育つか、そうでなくても、同胞があると言うことを長い間思い培っていなくてはできてきませんね。千沙子さんを妹だなんて、どうしても思えませんよ。けれども二人は、近くにいると、何か間違いができそうで恐ろしいと思いますよ」

「私もそうなの。一緒にいると厭なこと起るわ」

千沙子は、立ち停《どま》って、しばらく黙っていた。そして「喜久雄さん。——私ね、いっそ癩病やみだといいと思ってよ」といった。

喜久雄はギョッとした。そして息を引いた。

その意味は喜久雄にはすぐわかった。癩病の部落では、天刑の不運によって、人倫も捨て去っている。同胞や親子で夫婦を形成しているものも多く、少しも怪しまれてはいなかった。

千沙子の意味する深い意味——それは身を切るような恋愛であった——が喜久雄には判った。何分か経った。喜久雄は急に顔をあげて、

「千沙子さん、あなたを汚すことはなりません。あなたを守るためには、私は死んでも悔いないのです」

と心から言うのであった。↘

↙この喜久雄の言葉は、その翌日起った。さらに思いがけない事件のために、意味がわかった。その事件は、千沙子を完全に打ち据えてしまったのである。
喜久雄は、翌日の午前、他殺死体となって和戸の山

道に発見された。
匕首《あいくち》が、真直ぐに大動脈を貫いて、喜久雄は少しも抵抗した形跡もなかった。
千沙子はかけて行った。そして喜久雄の死骸に抱きついて泣いた。一時間も二時間も、喜久雄の死顔に、自分の顔をおしつけて離れなかった。それは美しい、透き通るような、この世のものとも思われぬ顔であった。千沙子のあんなにも愛した青い眼は、もう閉じられていた。しかし、唇《くちびる》を結んだ顔は、蠟人形のように、ただ美しかった。

数日の後、佐多夫の自殺死体が、火事場跡で発見せられた。その傍《かたわら》にあった遺書によって、喜久雄を殺したのも、佐多夫であったことが判明した。

遺書は千沙子に宛ててあった。

自殺の遺書

千沙子さん――失踪してからも、僕はやはりこのあたりが離れられなかったのです。喜久雄とあなたが一緒に歩いている後ろ姿を見て、不意に我が運命に対する憤懣を心から覚えました。

その夜、喜久雄を殺したのです。

不思議なことに、僕よりはるかに腕力の強いはずの喜久雄が、匕首を持ったものが僕だとわかると、一旦ぎゅっと握った、僕の匕首を持った手を急に自身の心臓のあたりに押しつけました。喜久雄は僕の手を借りて自分を殺したのです。「佐多夫、僕は何で死ぬか知ってるか」と聞きました。僕が首を振ると「僕はな、いつの間にか癩病が伝染していたのだ。君の言うように、針をさしても痛くないところが、身体のうちに三ヶ所も出てきた。これは七つの時に、巡礼に来た当時の祖母、それはほんとうは君の祖母だ――から伝染したのだと思う」そう言って喜久雄は言葉をきった。「二人は悪因縁の同い年だったなあ」これが喜久雄の最後の言葉でした。春の朧《おぼ》ろ月で、喜久雄はこの時微笑したようです。これは、千沙子さん、あなたにぜひに報告すべきことと思い、死ぬ前に一筆認めるのです。

（六）

千沙子は、松公をつれて、身延の山門を入る長い石段を上りつつあった。絶望のどん底に沈んだ、哀れな千沙子は、身も心も弱り果てた。その癖、身延を捨てて東京へ逃げ帰る気にはどうしてもなれなかった。

案内記によれば、二百八十七級の石段があつた。上りつめて、千沙子は眼をあげた。正面には朱欄碧《しゅらんへき》瓦《が》の、祖師堂《そしどう》が聳《そび》えていた。

しかし、その傍に高札が立ててあって、小さくはあるが、墨黒々と書いてあった。

悪しき病あるもの、ここより上にのぼるべからず

この表札で、千沙子は打たれたように立ち止まった。そしてまたとぼとぼと、石段を下へと下るのであった。

身延の春はすでに闌《たけなわ》にして、おそ鶯の声が荐りである。富士川の流は、急潭《きゅうたん》いよいよ迅《はや》く、山吹はすたれて、今や紅つつじの花が両岸に盛りであった。末は駿河の海にそそぐと言う富士川は、ここ、身延

あたりより水量次第に加わるのであった。

資料

横山隆一インタビュー

小《こ》松《まつ》史《し》生《ょう》子《こ》
浜《はま》田《だ》雄《ゆう》介《すけ》

横山隆一画伯訪問記

或る晴れた冬の日に

小松史生子

一九九六年十二月二十二日の冬の陽は随分あたたかいものだった。午後三時もとうに更けた鎌倉駅の雑踏は長い影を引き、改札口へと足早になだれ込む人の流れに歩をあわせて、〈『新青年』研究会所属・第一探訪隊〉の二名（とその保護者）は駅を抜け出した。

第一探訪隊のエッグ隊員にとって、しかし横山隆一氏とお会いするのはもうほとんど二十年ぶりくらいであり、あの頃毎年開かれていた春の花見の宴のことはぼんやりと霞の向こうに覚えていても、もはやそれだけで、氏のお顔も、お宅がどこにあったかも記憶の底に沈み込んでいる。まことにもって頼りないことはなはだしいが、彼女にとっては、雑誌『新青年』の存在と共に〈横山隆一〉は史上の存在であり、書籍に残された記録を媒介にして初めて交渉できうる芸術家であったのだ。二十年という歳月は怖ろしい。そしてなお、一九〇九年（横山氏生年）と一九七二年（エッグ隊員生年）の間に横たわる時間の重みははかりしれないのだ。以下に氏の簡単なプロフィールを掲げておく。

横山隆一氏は、一九〇九年（明治四二年）高知県高知市に生まれた。十四歳の時父親を亡くし、一九二七年上京、美術学校を受験するが不合格。翌年、川端画学校に通ったり、彫刻家本山白雲《もとやまはくうん》に弟子入りしたりしているうちに、外国雑誌の漫画に興味をひかれ、『マンガ・マン』に投稿した漫画が入選する。漫画家として立っていくことに決意を固め、『新青年』に挿絵やカットを描き始めるのは一九三一年（昭和六年）である。その翌年、近藤日出造《こんどうひでぞう》らと「新漫画派集団」を結成。一九三六年、朝日新聞社の依頼で描いた連載漫画「江戸っ子健ちゃん」が、「フクちゃん」の前身である。『新青年』に連載した漫画としては、一九三三年（昭和八年）の「錨のアン公」が画期的であった。

挿絵と漫画との相違は、「挿絵画家」「漫画家」といった、れっきとした呼称の違いがあるというのみで語り尽くせるはずもなく、挿絵が漫画に移行したというだけのものでもないだろう。横山隆一氏は、『新青年』において、挿絵と漫画、二つの領域を手がけていらした。挿絵を描く場合と、漫画を作る場合とでは、その心構えが当然異なったにちがいないが、ここで第一探訪隊は今現在の日本の漫画文化を考えてみる。特に、手塚治虫《てづかおさむ》から始まった豊かなストーリー性と強烈なロマンの味の漫画、やがて少女漫画の世界でまったく独自の花を咲かせるあの漫画文化を考えてみる。

『新青年』の漫画は、初めはナンセンスものや諷刺画的な四コマ漫画が主だった。が、平行して、昭和十年には松野一夫《まつのかずお》の「トキオ――挿絵小説」なる推理漫画が登場している。漫画の発展にはストーリー性が欠かせない。けれど、ストーリー性がより強く内在していたのは、起承転結ではっきりと枠組みされた四コマ漫画よりもむしろ小説の挿絵の方ではなかったか。特に、『新青年』に掲載されたような探偵小説、時代小説など、大衆文学と称されているジャンルにあたる作品は、魅力的なキャラクターを造形するという特色がある。挿絵画家は、小説家が文章で造形したキャラクターに視覚的な紙の上の肉体を与える。第一探訪隊は、ここに現在の日本の漫画ブームのルーツがあると見るのだ。漫画はストーリーもさることながら、キャラクターが命なのである。試みに、例えば岩田専太郎《いわたせんたろう》の描く雪之丞《ゆきのじょう》、小田《おだ》富弥《とみや》描く丹下左膳《たんげさぜん》、そして山口将吉郎《やまぐちしょうきちろう》の「神州天馬俠《しんしゅうてんまきょう》」(吉川英治《よしかわえいじ》)のみごとな挿絵を例に挙げてみよう。彼らの挿絵は、たとえば劇画ブームの火付け役白土三平《しらとさんぺい》や、もっとぐっと下がって漫画雑誌『少年ジャンプ』等に載る今日の漫画家達の絵と、ほとんどタッチが同一だ。ただコマ割りされているかいないかだけの違いである。ナンセンスや風刺の四コマ漫画だけではこうはならなかったはずだ。つまり、「サザエさん」は生まれても、今日のストーリー漫画は生じにくかったはずなのだ。

「大菩薩峠《だいぼさつとうげ》」というよりも机竜之介《つくえりゅうのすけ》、林不忘《はやしふぼう》というよりも丹下左膳、柴田錬三郎《しばたれんざぶろう》というよりも眠狂四郎《ねむりきょうしろう》といった方が通りが良いという作品群がある。明智小五郎《あけちこごろう》しかり、金田一耕助《きんだいちこうすけ》しかり。また、コナン・ドイルよりもシャーロック・ホームズ、モーリス・ルブランよりもアルセーヌ・ルパン、G・K・チェスタートンよりもブラウン神父、といった類いもまたしかり。今日近代文学史上で大衆文学と一括される幾多の小説には、時に類型的と蔑まれ、荒唐無稽とそしられたヒーロー達がぞくぞくと登場している。これらの小説は、ヒーロー小説でもあった。ヒーローは、読者の夢をかき集め、それを食べて活性化するバクのような存在である。ヒーローの特徴は〈活躍する〉ことだ。彼らは動く。挿絵は彼らの動きを視覚化するのだ。ヒーローが動くことでストーリーが進行する、というパターンを持った小説群がある。そういった作品に寄せられた挿絵が、しだいにその挿絵のみによってもストーリーを紡ぎ始めるようになるのは、自然なことではなかろうか。

挿絵と漫画を両方手がけられた横山氏は、その辺りの事情をどうごらんになっているのだろうか。エッグ隊員は、はたして、自分の思っていることを巧く質問の形にして問いかけられるだろうかと、身の縮こまるような不安も抱いていた。二十年という歳月は怖ろしい。そしてなお、一九〇九年（横山氏生年）と一九七二年（エッグ隊員生年）との間に横たわる時間の重みははかりしれないのだ。頼みの綱は、エッグ隊員の横手を歩いているスクランブル隊員の、これまで培ってきた幾多のインタビュー経験から生み出された、場慣れた落ち着きである。

駅を出てまっすぐ、およそ五分近く歩き続けていると、歩道の真ん中で探訪隊を出迎えていてくださった人がいた。この方が、横山隆一氏の次男、隆二《りゅうじ》氏でいらした。エッグ隊員はもうほとんど覚えていないし、隆二氏も赤ん坊の頃の彼女しか記憶にないのだから、二人はまるっきり初対面にも等しい。挨拶を交わし、すぐ脇の門を入る。庭にはプールがあって、大きな犬がいた。犬は探訪隊を歓迎して

(たぶん)、前足で飛びついてきてくれた。エッグ隊員が頭をなでると、ワンと鳴く。

そして、庭に面して障子で仕切られた十二畳ほどのリビングに、横山隆一氏はいらっしゃった。探訪隊(と、その保護者)は挨拶と自己紹介をし、氏と共に大きな四角いテーブルを囲んだ。探訪隊が『新青年』研究会を紹介すると、『鎌倉文庫』の研究をしとるという人が訪ねてきたよ」

「この間も、なんか、『鎌倉文庫』の研究をしとるという人が訪ねてきたよ」

と、おっしゃった。

「今、『新青年』とか、その辺の時代がブームなの?」

と問いかけられて、スクランブル隊員とエッグ隊員は、

「そうですね……」

と、首を傾けつつお答えした。そうなのだろうか?

「フクちゃん」がもし「福ちゃん」であるなら、それこそ作者にふさわしい。

口に錘《おもり》がくっついたみたいにしゃちこばってしまったエッグ隊員に代わって、スクランブル隊員が流ちょうにインタビューを始めた。横山氏はありがたいことにカセット録音を快く許してくださった。

過去においていろいろこの種のインタビューを受けていられたせいか、横山氏はとてもよく昭和七、八年頃の『新青年』の様子を覚えていらした。なかでも、松野一夫の大ファンで、ある日せっかく松野氏からいただいた絵を、喜びのあまり有頂天になって、そのまま松野氏の玄関先に置いてきてしまった

という失敗談が印象深い。

「嬉しくて嬉しくてね、そのまま置いてきちゃったんだよ。いやあ、あんまり嬉しかった手前、取りに行けなくてね。だから随分後になって、先生の絵を一枚買ったよ」

この逸話からは、当時の若手画家達にとって、松野一夫という画家がどういう存在であったのかがうかがわれる。松野一夫は文字通りスターであったのだ。『新青年』という、後にも先にもない粋な雑誌の誌面を支えた松野一夫。モダンへの興味、ロマンへのあこがれを、彼の絵は如実に伝えてくる。若い画家達が憧憬するのもまことにもってうべなるかな、である。

インタビューがたけなわになってきて、障子の外から暮れた冬の冷気が漂ってきた。床暖房がつけられた。横山氏はテレビの脇の棚や、隣の部屋などから、次々とたくさんの資料を出してきて下さる。両隊員はそのつど、興味深く（面白がって）、氏の手元をのぞき込んだ。フクちゃんの絵を織り込んだ化粧まわしを身につけて土俵に立つ力士・土佐の海のスチール写真、横山氏作詞・古賀政男《こがまさお》作曲・歌は双葉《ふたば》あき子といったすてきな（奇怪な?）レコードの存在を示すレーベル・コピー、そして長方形の手文庫のような箱に収められた数々の切り抜き。その切り抜きは、横山氏から雑誌などに掲載された御自分の作品を集めて置かれたもので、『新青年』掲載のものもたくさんあった。またその他諸々の思い出の品があったのだが、中でも、小林秀雄《こばやしひでお》が横山氏宛にお金の貸借について寄越した葉書が珍妙であった。加えて、最初に手文庫を開けたときに飛び出した一枚のモノクロ写真の存在。小さな男の子が痩せた頬

骨の目立つ苦み走った良い青年の膝にだっこされている光景を撮したものなのだが、横山氏は一言、

「ああ、それね、笠智衆《りゅうちしゅう》だよ」

続けて、ご子息隆二さんも、

「そう、彼がまだ大部屋俳優だったころのね。男の子は僕」

スクランブル、エッグ、両隊員は、間髪を入れず「えっ！」と叫び返した。なぜここで我々は笠智衆と出会うのだろう？　しかもこんなに若い頃の。エッグ隊員にとっての笠智衆といったら、『男はつらいよ』の御前様だ。御前様も若い頃はこんなに良い男（どことなく芥川龍之介《あくたがわりゅうのすけ》ふう）だったのね、と無知なショックに打ちのめされたエッグ隊員が何も質問できないうちに、「あのころはよく来とった」という横山氏の一言でその話題は終了してしまった。驚いた、驚いた。

それにつけても思うことは、横山氏のお宅にまだまだ膨大な資料が山積み状態なのに違いないということだ。近いうちに、もし横山氏のお許しが頂ければ、研究会本部よりお宝探しの専門家、第二機動隊を派遣してはいかがかと思う。とはいえ、横山氏にとってはそれらの資料は資料というよりも、むしろ貴重な思い出の品であるわけだから、もし氏が何かの機会にその品々を整理してみたいと思い立たれた際に、微力ながらお手伝いという形が望ましいかと思われる。

夜が更けてゆく。そしてインタビューの場はいつの間にか酒宴の場となっていた。横山隆一氏はたいへんお酒を好まれる。この宵は、そうした横山氏とおつき合いの深い（飲み友達？）方が三人、探訪隊

の後からいらっしゃった。横山氏は「稲穂」という銘の酒を自慢げに取り出された。一升瓶に稲がぐるりと巻き付けてある。その他、諸々、日本酒、洋酒こき混ぜて、卓は錦となりにけり、といった賑わいだ。テレビでは、ペルー大使館の人質事件が報道されている。鯛の刺身が出る、アサリの焼いたのがでる、小壺の底をポンと叩かないと出てこない、鰹の塩辛も美味であった。

スクランブル、エッグ、両隊員はよく飲んだ、よく食べた。カセット持ってきて、やっぱり良かった。エッグ隊員はほろほろ酔いになりながら、しんみりと思った。結局彼女は、この探訪隊の直前に思い描いていた質問を、全然口にできなかったわけだ。もし単独でこの任務に当たっていたら、と思うとぞっとする。振り返って見れば、インタビューをほとんどスクランブル隊員に押しつけてしまったことは明白である。何ということだ！　彼女は鯛さしを奥歯で嚙みしめながら、少しみじめな気持ちになって、上目遣いにひょいと横山隆一氏の方を見た。横山氏はお酒で真っ赤になりながら、笑っていらした。ともかくも、エッグ隊員にとっては、『新青年』の生き証人のお一人にお会いできただけでも価値のある体験であったことに間違いはない。彼女はそのことによって、自分と『新青年』の間に横たわる時間を一瞬だけ越えたのだ。インタビューの不出来は、事前の勉強不足にすべてが帰する。本部に知れたら、きっと始末書ものだろうが、原因がはっきりしているのだから今後は克服できるはずだ。研究に王道は無し。ただひたすら勉強あるのみ。

横山隆一氏訪問は、以上のように、エッグ隊員のような若輩の甘い考えに痛い釘をさし、今後の方針を定めさせると共に、『新青年』研究会の仕事に多大なご関心とご好意をお持ちになっている先達の方々のあたたかい眼差しがあることを、改めて意識させられる貴重な機会であった。『新青年』研究会は、今後ともいっそう研鑽を積み、これらの方々の遺した偉大な業績を、整理し、まとめ、近代文学史および近代文化史の研究に貢献していかねばならないだろう。

横山隆一画伯インタビュー

インタビュアー　浜田雄介　小松史生子

日本漫画界の耆宿《きしゅく》、横山隆一画伯は、『新青年』誌上においても、昭和六年以降、挿絵や漫画、シルエットなどに八面六臂《はちめんろっぴ》の活躍をされている。昨年十二月二十二日、研究会会員の小松&浜田が横山先生宅を訪問し、奥様やご子息隆二氏のご協力をあおぎつつお話をうかがった。以下、その記録である。

『マンガ・マン』からの出発

――先生は高知のご出身ですが、『新青年』初代編集長の森下雨村《もりしたうそん》さんも高知ですね。

森下さんは非常にひいきにしてくれましたよ。晩年、玉川一郎《たまがわいちろう》も世話になったしね。漫画集団（新漫画派集団）が高知に行った時に玉川一郎もついてきて、森下さんの家に行きました。晩年は釣りを楽しみにしてね。そこに漫画集団が訪ねて行きましたよ、ずいぶん大勢で。

――先生と『新青年』の関係は、最初乾信一郎《いぬいしんいちろう》さんが、先生のお宅へ伺ってお願いしたと、乾さんがお書きになっていますが、それ以前には、博文館のお仕事はなかったのですか。例えば『少年世界』とか、そういう少年雑誌などには。

あれが最初じゃないですかね。乾さんが来てからが。吉田貫三郎《よしだかんざぶろう》と僕と、『マンガ・マン』から見つけた、と乾さんの本にも書かれてましたね。『マンガ・マン』にずっと描いてましたから。『マンガ・マン』の編集長が僕を認めてくれて。最近発見したんだけど、『マンガ・マン』の編集後記にね、僕と吉田貫三郎と、将来性があると、褒めてますからね。認められたんでしょう。

『マンガ・マン』が僕は一番最初なんですよ。彫刻家の本山白雲先生の弟子になって神奈川県の片瀬にいた頃、先生のお母さんが厳しい人で、なにしろ坂本龍馬《さかもとりょうま》と将棋を指したというお母さんで（笑）、大変ですよ。横になっていると、横山さん何してるの、と。机に向かっていればご機嫌がいいんですよ。居眠りしててもね。で、本がたくさんあったからね、ずいぶん読みました。『文藝春秋』が、出たばかりですからね。昭和の初めからずっと、本山先生のところにいて、それで『マンガ・マン』に投書したんです。片瀬《かたせ》の街に『マンガ・マン』売ってたからすごいね。それで買って投書して。

――その前、横浜に住んでいらっしゃる時にアメリカの漫画を御覧になって刺激されたとか。

ええ、ナンセンス漫画ですね。あの頃からだんだんそういう傾向がありましたよ。よく雑誌で漫画の募集がありましたからね。今でも『公募ガイド』なんて本あるでしょう。そういうのが月に一回出てましてね。賞金なんか書いてある。その頃は賞金って、普通は雑誌の購読券ですよ。三カ月とか、半年とか、二回三回となるとね、もう常連だから、購読券じゃなくなって、賞金になるんですよ。わずかながら賞金はありがたいですよね。普通一円とかですが。

――そうして、新漫画派集団などで若い世代が大勢出てくるわけですね。先生たちにとって、北沢楽天《きたざわらくてん》さんなどはどんな存在だったんでしょう。

楽天先生は、とにかく先生が僕に会いたいっていうのでお会いしたんですがね、小川武《おがわたけし》さんが僕のところへ呼びにきて、すごい偉い人だからね。大きな部屋で机が並べてあって、大統領みたいな感じでね。後にアメリカの国旗があれば大統領だ。それでもドアを開けて入っていったらわざわざこっち来てくれましたからね。楽天塾というのは、一派をなしていましたよ。

――先生の場合、どなたかのお弟子ではあったのですか。

僕はね、堤寒三《つつみかんぞう》さんとか麻生豊《あそうゆたか》さんの、弟子というよりも手伝いに呼ばれてね。暮れに双六つくる手伝いに行って。だから弟子と言えば弟子だし、手伝いと言えば手伝い。双六なんて、先生たち出来ないからね。政治漫画家だし。で、僕は手伝いに行ってね。麻生さんが描くでしょう、それに色をつけて仕上げて、それで年末働いて正月を過ごしていた。指導を受けるとか、そういうことはなかったね。堤さんはその後僕が映画作ったとき試写会に見にきてくれましたよ。『ふくすけ』（一九五七年）の時かな。

挿絵と漫画

――『新青年』の時も、始めは漫画ではありませんね。

ええ、僕らもね、始めは挿絵の方で、出ようとしたんですよ。漫画を頼まれる前にね、『新青年』に挿絵描いていた頃、柳田國男《やなぎたくにお》さんがね、挿絵を頼みたいって言うんです。それで世田谷《せたがや》の砧《きぬた》に柳田先生の家がありましたがね。そこへ行って、民話の挿絵を色刷りで頼まれたんですよ。それで描いて持っていったらね、いきなりね、全部違うんですよ。この時代にこんな着物はない、こんな足はしていない、吉原《よしわら》の行燈《あんどん》はどうだとか（笑）。僕等の頭の中にあるのは、少年雑誌の挿絵から受けたものですからね。写真なんかないから。高知で受けた教育というのはみんな雑誌の挿絵ですからね。歴史の本なんか見ても吉原の行燈なんか出てきませんから。それで柳田先生に、草履《ぞうり》がこういう草履じゃない、畳がこういう畳じゃない、と一つ一つ指摘されましてね。それで全部違うんですよ、僕の描いたのが。どうも挿絵は元手がかかる、で、漫画はでたらめでも通りますからね。

――それで漫画に？

それと急にアメリカから著作権のことを言ってくるようになりましてね。あの頃は外国の本の著作権の難しいことがなかったらしいんですよ、乾さんの本によると、漫画もそうでね。で、外国雑誌から切り抜いてね、それでいろいろしたらしいですけど、それが急に、『新青年』が漫画ばっかり頼んでくるようになった。それで挿絵と漫画と両刀遣いになった。そのうちに漫画の方で、ほうぼうから注文が来るようになって、「朝日新聞」のフクちゃんやりだして、漫画だけになりましたがね。それでも「朝日新聞」の頃だって、『アサヒ・グラフ』に挿絵描いてましたけれどね。

――『アサヒ・グラフ』に

ええ、アメリカの挿絵というのはね、大きいんですよ。日本の挿絵は切って小さいですからね。で、僕は初めて『アサヒ・グラフ』の挿絵をね、大きくしたんですよ。挿絵に字を書いたり、一頁見開きに挿絵をやったりね。それからだんだん漫画に忙しくなって、挿絵から遠ざかっていきましたけどね。

あの頃、博文館の挿絵が一枚三円でしたから、五枚描けば生活できたんですよ。だから『新青年』だけで生活できた。小説二つに描けば随分な収入になりました。それから、漫画の方がもっといいですよ、このくらい（一枚）で七円になりました。だから二枚描けばそれでいい。当時、下宿代が畳一畳で二円でした。三畳で六円ですよ。東京の真ん中じゃそうはいかないけれど、田舎《いなか》から来てる連中は三畳でいいわけですからね。

昭和七年の、漫画集団が最初の時は、僕と近藤と清水でだいたい集団まかなってた。どんぶり勘定で、あの頃集団の家賃が、十四坪百二十六円かな。普通の家が、僕の家でも本郷で借りた時三十円ですからね。あの頃、「朝日新聞」の給料が、五六十円でしょうな。普通四十五円から五十円。さっき言ったように十五円あれば食えますからね。それが、僕等自炊してましたけれど、東京は市営食堂という所へ行くと、朝十銭なんですよ。昼十五銭、晩十五銭。四十銭で、月十二円か。だから十五円だと朝飯くらい抜かなきゃ。

――その頃漫画集団は銀座ですよね。そもそも銀座と決めたのはどなたなんですか。

いや、みんなやっぱり銀座でなきゃだめだっていうんでね。ランチカウンターという所借りて。集団の事件がありましてね、黒沢《くろさわ》はじめが死んで、お母さんを養わなきゃならないって、若気のいたりで『アサヒ・グラフ』から幾らでしたかね、黒沢の方に出したんですよ。それで、みんな替わりばんこで黒沢のお母さんの家に泊まりにいったりしたんですよ。

『新青年』の挿絵

――『新青年』でお好きな作家などいらっしゃいましたか。

探偵小説は面白いからね。それに挿絵を描くのに読んでいましたけれど、誰の挿絵を描かせてくれといえる身分じゃないですよ。

――『新青年』以外でも、先生は作家の方とのご交遊は多いですよね。

ずいぶんこの家に来てもらったりしたけれど、文学の話なんかしないからね。酒を飲むばかりで。

――作家によって描きやすい、描きにくい、というようなことはありましたか。

それはやっぱり何度も読んでその人の雰囲気に合わせて描きます。荒っぽく描くこともあるし、探偵小説だと、犯人がわかってますからね、その人物に力を入れて描くと、あ、これが犯人だとわかっちゃうといけないし、挿絵では全然犯人を出さないこともあるし、挿絵というのは協力ですからね。こちらが協力しなきゃいかんし、横溝《よこみぞ》（正史《せいし》）さんの挿絵の時にドアを開けるところを描いたら、その開けかたが犯人をあばくタネになるというので、描かないでくれと言われたこともありますね。わがまま言えないし。それから（江戸川《えどがわ》）乱歩《らんぽ》さんの挿絵で、竹中英太郎《たけなかえいたろう》さんがずっと描いてたから、影響を受けるんですね。今、当時の雑誌を読んで、竹中さんの絵だと思って見ていると、隆一と署名してあったりする（笑）

作品に合わせるのが挿絵画家の宿命ですからね。作家に気に入られるように描く。『新青年』ではね、挿絵画家の名前は（文章の）最後に書かれるんですよ。僕はあれでいいと思っている。

――『新青年』の挿絵というと、松野一夫さんがいらっしゃいましたね。

松野一夫さんの家に行ってね、松野さんの絵は大好きだって言っていたら松野さんが絵をくれたんだ。感激してね。ところがそれを松野さんの玄関に忘れて来ちゃった。あんまりオーバーに、飛びあがって喜んだりしてたもんだから、もう取りにいけなくなっちゃった（笑）。しかたがないからその後ね、松野さんの展覧会の時、絵を買ったの。それでやっと、お詫びをしたんだけどね。

挿絵と言えば玉川一郎はね、はじめ博文館の広告部に入っていたんですよ。それから伊東屋の宣伝部に行って、（日本）コロムビアの宣伝部。三つ掛け持ちで、全部の社員ですよ。タマイチに会ったのは、僕が土井子爵《どいししゃく》という古河《ふるかわ》の殿様の家に居候していた時、白川《しらかわ》に、奥さんというか、宝塚スターだった人のために家を新築しましてね。彼女の弟が、文学青年の『新青年』ファンで、しょっちゅう僕の大塚《おおつか》の家に遊びに来ていたんですよ。それが、姉が大きな家を建てたんで居候しませんかというので、居候になっちゃったんですよ。四畳半くらいの部屋を貸してくれて、僕はもう『新青年』なんかで働いてましたから、食費と家賃、このくらいだろうと奥さんのお母さんにあげてたんですよ。車寄せなんかある立派な家で、そこへ玉川一郎が来て、僕が二階で見ていると、通りを行ったり来たりしている。僕の門標なんかないですからね。で、とにかく門を開けて入ってきたんですよ。玉川一郎が、横山隆一先生にお目にかかりたい、と。私です、と答えるとびっくりして、いや、絵を描く横山先生です、と（笑）。いや僕ですと、本当に驚いたらしい。

その時は、僕が『探偵小説』に描いた挿絵をね、新聞広告に使ってよいかと、許可を求めに来たんですよ。OK出したんですが、それが、電通の広告費でトップになっちゃった。それからずっと、死ぬまでの付き合いで、彼が死んだ時僕が葬儀委員長。副委員長が乾信一郎で。

玉川一郎は、ユーモア小説なんか書く前はね、博文館ではフランス文学のコントを訳していたんですよ。その挿絵を僕が描いたんだけど。原作者がね、同じ人の名前がちっとも出ない。毎回違う人なんですよ。同じ人だったらファンもできるんだろうけれど。で、聞くと、翻訳は手間がかかってしょうがない、自分で書いた方が早いというので、あれ全部創作なんだそうですよ。それで作者の名前は、あれはパリの電話帳だって（笑）。

様々なメディアで

僕がジャワから帰った時、流行歌を書きたいって言ってね、「ジャバの明け暮れ」ってのを書いたんです。すると、タマイチが「ジャバのフクちゃん」というのを書いてくれた。作曲家が古賀政男。古賀さんと一緒に帝国ホテルで飯食ったんですよ。タマイチも宣伝部員だから来てね。「ジャバのフクちゃん」の中に出てくる「イワナリイワチョン」ってのはどういう意味ですって古賀さんに聞かれるんだけれど、僕はタマイチの原稿をそのまま渡しちゃったんで知らない。と、タマイチがテーブルの下で足を突っつくんで「いや、新聞を見て書いたんでよくわからないんです」と答えたりしてね。

――誰が歌ったんですか。

二葉あき子。レコードもありますよ。

――フクちゃんはいろんなメディアで活躍していますね。文化放送の放送台本を見つけたんですけれど、フクちゃんのなかに他の漫画の登場人物も出てくるんですよ（台本をお見せする）。

ああ、これはみんな僕の漫画の中の人間だな。

――家族の設定というのはもう書き始める時に？

いや、何も無かったからね。だんだん増えてきて。

この頃は夕方新聞社でフクちゃんの漫画を書いてて、銀座へ飲みに行くと、ちょうど車の中で放送が聞こえて来るんだ。この原稿料でずいぶん助かったな。

（奥様……苦労して描いたものだったら大切に使わなきゃいけないけれど、放送の方は、労せずして入ってきたお金だから、これはいいんだって。）

――「遊戯的人生」ですね。『新青年』の関係者のインタビューをしていまして、つくづく感じるのですが、皆さん、本当に楽しんでいらっしゃった様子ですね。先生は漫画映画も手がけられるわけですが、今のアニメの隆盛も、先生たちの遊びごころが伝染しているように思います。

今度僕の作品も絵もね、高知にあげることになったんですよ。記念館ができるんで。昨日も市長が来て話をしていたんですがね。ちょうど播磨屋橋《はりまやばし》が新しくできるんです。昔のような小さな橋が。そこに坊さんかんざしのお馬と純信のモニュメントを僕がつくることになりましてね。お馬が手拭いをかぶって口でくわえた姿で、その手拭が大理石であまり真っ白だから、かんざしをデザインしたんですよ。珊瑚を埋めこむことにしたんです。

――楽しみですね。開館の折りには研究会のメンバーで見学に参りたいと思います。ありがとうございました。

探偵小説の挿絵画家としての横山隆一

末永昭二（大衆文学研究家）

平成六（一九九四）年、漫画家として初の文化功労者となった横山隆一《よこやまりゅういち》は、取材者に「フクちゃん」の話ばかり聞かれ、自分ではなくフクちゃんが文化功労者となったようだと苦笑する。もちろん、国民的漫画作品のメインキャラクターであるフクちゃんと横山を切り離して考えることはできないのだが、ここでは、投稿漫画家として世に出てからフクちゃんの創造によって漫画に主軸を置くようになる前に、さまざまな雑誌で描いていた挿絵に注目する。横山が挿絵画家として活躍していた雑誌には『新青年』や『探偵小説』があり、その人脈からか、探偵小説専門誌『ぷろふいる』にも関わるなど、戦前の探偵文壇との関わりが非常に強い。しかし、フクちゃんという巨大な存在、そして横山自身が新漫画派集団（後の「漫画集団」）の結成に関わり、漫画界の中心人物の一人だったことから、漫画あるいはアニメの偉人として扱われることが多く、挿絵画家としての業績を鳥瞰することは難しかった。

本書には、探偵小説を中心に横山隆一の挿絵作品を収載した。漫画作品とは大きく異なるバリエーション豊かな画風をお楽しみいただきたい。

投稿家から若手漫画家の中心に

横山隆一は明治四十二（一九〇九）年、高知県高知市の商家に生まれた。中学卒業後の昭和二（一九二七）年に彫刻家を目指して上京。川端画学校に入学し、同郷の彫刻家、本山白雲《もとやまはくうん》に入門する。本山は漫画家への転身を勧め、堤寒三《つつみかんぞう》や麻生豊《あそうゆたか》といった漫画家の知遇を得、雑誌に漫画を投稿するようになる。『月刊マンガ・マン』に投稿した漫画が注目され、『新青年』を皮切りに挿絵画家としてのキャリアをスタートさせる。

岡本一平《おかもといっぺい》門下であり、岡本の紹介で『月刊マンガ・マン』に海外漫画の模写を描いていた近藤《こんどう》日《ひ》出《で》造《ぞう》は、横山や吉田貫三郎《よしだかんざぶろう》ら常連投稿者を脅威に感じながら一線を引いていたが、昭和七（一九三二）年、杉浦幸雄《すぎうらゆきお》らと語らって若手漫画家の団体の旗揚げを図る際、横山ら投稿組を勧誘する。横山は、こうして生まれた「新漫画派集団」の中心メンバーとなり、『アサヒグラフ』と『新青年』を拠点として、北《きた》沢楽天《ざわらくてん》ら重鎮が独占していた漫画市場に斬り込み、メンバーそれぞれの人脈を駆使して仕事を紹介しあったり、雑誌の漫画ページをグループで請け負ったりといった戦略で、それぞれ知名度を上げていく。

挿絵画家としての横山は、博文館の雑誌はもとより、『モダン日本』など他社の雑誌にも起用されるというように、着実に仕事を増やしていった。本書に収録した作品は、この時代に各誌を飾ったものである。

昭和十一（一九三六）年一月、東京朝日新聞に連載を開始した四コマ漫画『江戸っ子健ちゃん』の脇役として登場したフクちゃんは、主人公の健ちゃんを食ってしまうほどの人気を博し、タイトルや設定を変えながら昭和四十六（一九七一）年まで、断続的ながら三十五年にわたってさまざまな媒体に発表され、連載終了後の一九八〇年代にはテレビアニメにもなった、文字通りの国民的キャラクターである。フクちゃんの大ヒット、さらには横山の漫画家としての地位の確立によって、横山の挿絵は雑誌から次第に姿を消す。

戦後は、フクちゃんをはじめとする漫画作品を発表するとともに、アニメ制作会社「おとぎプロ」を設立し、アニメーション分野でも大きな足跡を残す。

平成十三（二〇〇一）年十一月八日、神奈川県鎌倉市内の病院で脳梗塞のため死去。翌平成十四年には高知県高知市に「横山隆一記念まんが館」が開館した。

漫画家の横山泰三《よこやまたいぞう》は実弟、同じく漫画家の近藤日出造は義弟（妹の夫）。

『新青年』でのデビューと『探偵小説』での重用

漫画を投稿していた横山青年を見出したのは、『新青年』で翻訳家としてデビューし、後に同誌の編集部員となり、探偵小説の創作も手掛けた乾信一郎《いぬいしんいちろう》だった。青山学院大学に在学中ながら『新青年』に翻訳を発表していた乾が、「東京の駅売り漫画雑誌」（『月刊マンガ・マン』と思われる）に「バタ臭い漫画」を描いていた横山に注目し、横山を『新青年』にスカウトした。『新青年』で確認できた初登場は、昭和六年三月号の小林正「支那蕎麦とタキシード」で、翻訳もののユーモア小説や海野十三《うんのじゅうざ》（「麻雀殺人事件」昭和六年九月号など）に始まり、夢野久作《ゆめのきゅうさく》「斜坑」（昭和七年四月）など、受け持つ作家を増やしていった。

昭和初年の『新青年』は、海外雑誌の漫画を無許可で掲載していたが、ちょうどこのころ外国漫画の著作権問題がうるさくなり、オリジナルの漫画が求められるようになっていた。そこで、挿絵画家として発掘した横山に漫画を描かせるようになる。この流れで登用されたのが、横山の仲間であった吉田貫三郎や矢崎茂四《やざきしげし》、少し遅れて小山内龍《おさないりゅう》らで、彼らは漫画だけでなく挿絵でも『新青年』の誌面を飾り、他誌へも進出していくことになる。

若い横山は、『新青年』編集部のさまざまな要求に応え、挿絵と漫画だけにとどまらず、カットやオーナメント、写真コラージュによる口絵など、無署名も含めて八面六臂の活躍を見せる。さらに『文芸倶楽部』（昭和六年五月号より）、後には『講談雑誌』（昭和九年六月号など）にも活動を広げるのだが、博文館での最も重要な横山の業績は『探偵小説』誌掲載作だろう。

大正十一（一九二二）年一月に創刊され、翌十二年十一月号をもって関東大震災のために廃刊した

『新趣味』に続く探偵小説専門誌として、昭和六（一九三一）年九月に創刊された『探偵小説』は、創刊当初から海外ミステリの翻訳と日本の犯罪実話を両輪とし、総合誌である『新青年』よりコアなマニアに向けた編集方針を採っていた。特に、創刊号のフランク・フロースト「黒衣の女」（挿絵は松野《まつの》一夫《かずお》）に始まる海外ミステリ長編の一挙掲載は同誌の呼び物であった。

横山は同誌の創刊からの主要画家として起用され、数多くの作品を残している。当初は、松野一夫とともに海外ミステリを割り振られていたようで、創刊号で横山はエム・マーレイ「ジミーの夜会事件」（連載、北村勉《きたむらつとむ》訳）、リチャード・コネル「慾の三角関係」（田内長太郎《たうちちょうたろう》訳）、エフ・ブウテ「恐怖の実験」（岡村弘《おかむらひろし》訳）といった短編あるいは連載に挿絵を寄せていたが、松野の渡欧（昭和六年九月から約一年間）のため、昭和六年いっぱいで同誌を離れた松野が受け持っていた長編の挿絵や表紙絵まで横山が担当するようになる。後に、松野の家に訪問したとき、松野に絵を贈られたものの感激のあまり松野家の玄関に置き忘れて帰るというほど私淑していた横山は、ついに松野と肩を並べる存在になったのだ。

もう一人、挿絵画家として横山が影響を受けていたのが、時代の寵児であった竹中英太郎《たけなかえいたろう》であり、『探偵小説』のもう一方の柱である犯罪実話のメイン挿絵画家が竹中だった。佐々木白羊《ささきはくよう》や恒岡恒《つねおかひさし》といった警察関係者の「実話」に挿絵を寄せるだけでなく、目次のデザインなども手掛けていた竹中だったが、昭和七年二月号を最後に『探偵小説』から手を引く。この号で創刊からの編集長だった延原謙《のぶはらけん》が退き、翌三月号からは横溝正史《よこみぞせいし》が編集長となったこととの関係も考えられるが、横溝と竹中の関係は終始良好だったので、人間関係の問題というより、政治活動への傾倒によって挿絵への意欲を失ったための撤退と考えるほうが妥当だろう。

横山の『鎌倉通信　其の二』（高知新聞社、平成十一年）に収載されているエッセイ「探偵小説」では、黒岩涙香《くろいわるいこう》、馬場弧蝶《ばばこちょう》、森下雨村《もりしたうそん》の名をあげ、この三人の土佐人によって日本の探偵小説紹介が始まったとし、同じ土佐人である横山自身も探偵小説の挿絵で世に出られたことから、この土佐人の系譜に連なっているという。このエッセイで、竹中が挿絵を描いていた江戸川乱歩《えどがわらんぽ》の「地獄風景」（昭和六～七年）の連載最終回（昭和七年三月）のみ横山が代打で描いていることについて、「何かの都合で竹中さんが連載中休むことになったので急にたのまれて連載最後の一回分を代筆したからである。そっくりに描いたつもりでも、竹中ファンから見れば、気に入らないかも知れないので、責任を取る意味で私のサインを入れた」と回想している。これはちょうど竹中が『探偵小説』から撤退した時期と重なる。この後、『探偵小説』に竹中が登場することはなかったので、「何かの都合で」休んだのではなく、何かの決意に基づく降板であったことが想像される。本叢書の『竹中英太郎（二）推理』には、竹中の「地獄風景」の挿絵に加えて、参考として横山の挿絵も収載されているので、興味のある読者はご覧いただきたい。画風を真似てすぐに描けるほど、竹中のグロテスクな画風を研究していたことが見て取れる。『月刊マンガ・マン』時代にもグロテスクな絵を投稿していた横山には、後の作風からは汲み取れないグロテスク趣味もあったのだろう。

ビッグネーム二人の降板によって、昭和七年の『探偵小説』は、内藤賛《ないとうさん》もコンスタントに描いているものの、ほとんど横山の一人舞台となる。これは、同誌の昭和六年十二月号の表紙「血」が電通の賞を獲得したことも後押ししているようだ。

しかし、『探偵小説』は、わずか十二号で終焉を迎える。同誌の翻訳本格ミステリは当時の読者には早すぎた。それは編集部にもわかっていたのだろう、前述の「黒衣の女」（大井礼吉《おおいれいきち》訳）では、カタカナ名前になじみのない読者に配慮して、当時としては珍しく黒岩涙香式に登場人物名を日本人風に変えている。さらに、佐野甚七《さのじんしち》らの犯罪実話が当時流行のエログロに傾いていたため、本格探偵小説マニアには忌避された。つまり、ハイブロウな海外ミステリと煽情的なエログロが同居したために、「ボタンの掛け違いが最後まで祟った」と山下武《やましたたけし》は分析する（『古書を旅する』平成九年、青弓社）。高い理想と流行に乗った商業的成功を同時に求めて、虻蜂取らずになったというわけだ。

『探偵小説』廃刊後は、横山の『新青年』での挿絵や漫画などが再び増えてくる。

■E・C・ベントリイ（ベントリー）「生ける死美人」

『探偵小説』昭和七年七月号（第二巻第七号）に掲載された、ベントリー（Edmund Clerihew Bentley、一八七五〜一九五六年）の探偵小説デビュー作 *Trent Last Case*（一九一三年）の延原謙によるる翻訳。抄訳だが、百ページに及ぶ大長編として発表された。現在は「トレント最後の事件」として知られる本作は、従来の探偵小説の枠組を超える構成を持つ現代ミステリの嚆矢としての歴史的価値だけでなく、どんでん返しの傑作として海外ミステリのオールタイムベストの上位に必ず挙げられる有名作である。

前述のとおり、『探偵小説』は海外長編の一挙掲載（昭和七年四月号より「単行本式読切小説」と銘打たれる）を呼び物としており、本作以外にも、F・W・クロフツ「樽」（昭和七年一月号）、A・A・ミルン「赤屋敷殺人事件（赤い館の秘密）」（昭和七年八月号）、さらに一挙掲載ではないが、E・クイーン「和蘭《オランダ》陀靴の秘密」（昭和七年四月号から連載で、同誌廃刊を受けて『新青年』昭和七年八月号で完結）といった、現在でも有名な重要作を掲載しており、これは延原と横溝の確かな選択眼を示している。そして、この連続企画は、昭和六年十一月号「躍る妖魔」（T・T・スチブンソン、小野《おの》浩《ひろし》訳）以降の多くを横山が担当し、各号の長編にちなんだ表紙絵をも描いている。

横山の画風は、後の漫画作品と大きく異なる、松野一夫の系譜と言っていい「バタ臭い」もので、横山をスカウトした乾信一郎が求めていたものは、この路線だったのだろう。実際に、横山は松野の手法を研究していたようで、昭和七年七月号のM・R・ノーコット「嘘から出たまこと」（訳者無署名）では、松野が得意とする版画風の絵を試みている。

このシリーズの挿絵はいずれも素晴らしいが、作品選定において、本作とA・E・W・メーソン「矢の家」（妹尾《せのお》韶夫《あきお》訳、昭和七年六月号掲載）のどちらを選ぶか最後まで迷ったことを申し添えておく。

漫画の延長線上に

もちろん、横山の最も大きな業績は漫画である。『新青年』でのデビュー時にはユーモア物を多く担当したのは、『月刊マンガ・マン』出身の漫画家志望ということもあっただろう。そのため、横山にはシリアスなものよりユーモア色の強いものが、小説、読物にかかわらず割り振られていたようである。

■乾信一郎「豚児廃業」

コミカルな味を狙った小説に、無駄を排したスタイリッシュでモダンなグラフィックデザイン的挿絵で成功した作品として本作を採った。『新青年』昭和八年十月号（第十四巻第十二号）に掲載された本作は、就職難を経験した乾自身の体験が基になっていると思われ、乾の探偵小説の代表作と目されている。現在の眼では、殺豚事件はあるもののミステリ色は希薄と言わざるを得ないが、昭和八年一月号から始まった探偵小説長編（百枚）一挙掲載シリーズの掉尾を飾るものであり、当時はこれも「探偵小説」だった。一月号は大下宇陀児《おおしたうだる》「灰人」、二月号は夢野久作「氷の涯」、三月号は甲賀三郎《こうがさぶろう》「体温計殺人事件」、四月号は水谷準《みずたにじゅん》「さらば青春」、五月号は海野十三「赤外線男」、六月号は延原謙「ものいふ死体」、七月号は小栗虫太郎《おぐりむしたろう》「完全犯罪」、八月号は葛山二郎《くずやまじろう》「蝕春鬼」、九月号は橋本五郎《はしもとごろう》「花爆弾」、そして十月号が本作である。大下宇陀児らに先行例があるが、「さらば青春」とともにユーモア探偵小説という新たなサブジャンルを開拓するものという位置づけだったのだろう。

乾については、天瀬裕康《あませひろやす》による評伝『悲しくてもユーモアを　文芸人・乾信一郎の自伝的な評伝』（論創社、平成二十七年）があり、横山との出会いにも触れられている。

■横溝正史「塙侯爵一家」

『新青年』昭和七年七月号（第十三巻第八号）から同十二月号（第十三巻第十四号）まで六回にわたって連載。当初はシリアスなタッチだが、終盤に近付くと漫画的な風合いが加わってくる。

複雑な伏線と一種の記述トリックによるどんでん返しを狙った、横溝の戦前の長編を代表する作品で、このころ博文館を辞して作家専業になった横溝への餞《はなむけ》としての長編連載だったようだ。横溝は、昭和七年五月のチャップリン初来日を織り込んでリアリティを演出する。さらに作中の秘密結社は組織名も目的も明かされないが、国家主義的、民族主義的団体であることがほのめかされる。これは同年の五・一五事件の余韻が残る読者には強烈な印象を残しただろう。

ディテール、例えばドアの開く向き（三五ページ）や地図の位置（四五ページ）などが、いくつか本文の記述と異なっている。インタビュー（二四五ページ）では、横溝作品でドアの開け方を間違えて横溝に指摘されたとある。横山と横溝の組み合わせはこの作品だけなので、おそらく本作のことだろうが、実際には掲載されているし、このドアの開き方自体が謎解きと関係あるようには思えない。本文と向きが違っていることを指摘された、という程度の話なのだろうか。

また、一部の挿絵の掲載順が間違っていたので、ストーリーに沿って順番を正している。

日本的情緒と医学

横山の後の漫画と最もかけ離れたイメージを持つ、「和風」で「シリアス」な作品として、次の二作を選んだ。

■長谷川伸「上海燐寸と三寸虫」

劇作家であり、時代小説家である長谷川伸《はせがわしん》にも、わずかだが現代作品がある。『新青年』昭和九年三月号（第十五巻第四号）に掲載された本作もその一つで、長谷川が育った横浜での外国人掏摸と日本人掏摸の闘争を描いたもの。と言えば、名作「舶来巾着切」（『大衆文芸』大正十五年九月号）と同じ主人公の三部作（「旅へ行く幽霊」『講談倶楽部』大正十五年九月秋季増刊号、「日本巾着切」昭和二年五月、単行本『舶来巾着切』収載）を思い起こさせるが、本作は「舶来巾着切」と対になるストーリーと考えられる。国際的な根無し草となった外国人掏摸の末路を描く「船来巾着切」が純文学的であるとすれば、外国人掏摸に対抗するクールな元掏摸を描く本作は大衆小説的であり、その幕切れは見事。横浜の裏社会の隠語がちりばめられた本作は、横浜の底辺で育ち、横浜の新聞社で警察担当記者をしていた長谷川でなければ書けないだろう。

本作は単行本には収録されていないようであり、初出以降の再録は『妖奇』（昭和二十四年一月号）のみ確認できた。隠れた佳品を探し出す『妖奇』編集長、本多喜久夫《ほんだきくお》の慧眼には改めて感じ入った。

■木々高太郎「青色鞏膜」

「網膜脈視症」（『新青年』昭和九年十一月号）で華々しくデビューした木々高太郎《きぎたかたろう》。福士幸次郎《ふくしこうじろう》に詩作を学んだ後に医学者となり、ソ連のパブロフ研究所で条件反射を学んだ脳生理学者で、デビュー時は慶應義塾大学助教授であった木々は、深い教養に裏打ちされた文学の香気高い作品で探偵小説界に清新な風を送り込む。この木々と、デビュー以来タッグを組んでいたのが横山だった。

『新青年』では、実力を見込んだ新人作家に、連続（多くは六回）短編執筆の機会を与え、「腕試し」をする。木々には異例ともいえる早さでこの機会が与えられ、昭和十年一月号の「死固」から毎月、「眠り人形」、「妄想の原理」、「青色鞏膜」、「恋慕」が掲載された。

昭和十年四月号（第十六巻第五号）に掲載された「青色鞏膜」は、木々の故郷である甲州を舞台に、旧家をめぐる男女に、遺伝という「科学」によって次第に残酷な事実が突き付けられていく過程が新人離れした筆力で描かれている。

次々に佳作を発表してきた木々は、探偵小説家としては初めて「人生の阿呆」（『新青年』昭和十一年一〜六月号）で第四回直木賞（昭和十一年下期）を受賞し、戦後は「文学派」の総帥として旺盛な創作活動を展開する一方、本名の林髞《はやしたかし》名で医学、科学関係の著作を発表し、『頭のよくなる本 大脳生理学的管理法』（昭和三十五年、光文社カッパブックス）はベストセラーとなった。

木々の作品を担当した横山は、医学的な描写が多いため「この人と組まされたら医学の勉強をしなきゃならないかと不安でした」と述懐しているが、本作をピークに医学的な場面が減ったので、その不安はなくなったそうだ。この不安は、二四二ページで語られる柳田國男《やなぎたくにお》に不勉強を指摘されたエピソードと結び付いたものなのだろう。

『モダン日本』と横山隆一

もう一誌、横山と関係深い雑誌が『モダン日本』である。昭和五（一九三〇）年、菊池寛《きくちかん》によって家庭で読める健全娯楽の総合誌として文藝春秋社から創刊された同誌は一時的に部数が伸び悩み、一時休刊もあったが、新たに設立されたモダン日本社社主となった編集者、馬海松《まかいしょう》の手腕によって再生し、改題や発行所の変更を経ながら戦後まで続いた。

戦前の同誌の挿絵画家としては、高井貞二《たかいていじ》と宮本三郎《みやもとさぶろう》が目立つが、横山の作品点数も活動期間の短さに対して少なくない。横山が挿絵画家として確認できるのは昭和八年五月号の蝶花楼馬楽《ちょうかろうばらく》「金色夜叉」（落語）からだが、これ以前にも無署名で描いている可能性はある。その後、横山は昭和十一年十月号の岡成志《おかしげゆき》「イヴと蛇の恋情」までの三年あまりに大量の挿絵やカット類を同誌に描いている。しかし、同誌は『新青年』ほど探偵小説に力を入れていないことと、文藝春秋系の社風なのか、博文館のように作家と挿絵画家をセットにして売るという姿勢が見られないどころか、同じ作家の同じ連載でも、回によって挿絵画家が変わるのが当たり前という、博文館とはかなり違った編集方針なので、本書に収録するに足るミステリ系の作品としては、「師父ブラウン」くらいしか見当たらなかった。

ミステリ以外には、徳川夢声《とくがわむせい》同様、活動写真説明者（弁士）から漫談に進んだ松井翠声《まついすいせい》のエッセイの挿絵などに見るべきものがあるのだが、当時の横山の漫画と同じようなタッチであることから、本書には採らなかった。

■水谷準『師父ブラウン』

いわずと知れたG・K・チェスタトンの創造したブラウン神父と、その助手である元盗賊のフランボウとの出会いを描いた、いわば「エピソードゼロ」。昭和九年五月号（第五巻第五号）掲載。

切り絵と『ぷろふいる』

昭和八年ごろから、横山の重要な表現方法として「切り絵」の比重が高くなる。横山と切り絵の結び付きは古く、「私が生まれる前に土佐に切り絵の名人が来て、家に数点置いていった」のを手本として、三歳ごろから手当たり次第に切り刻んで、大人を喜ばせたという(「横山隆一記念漫画館常設展示図録」平成十四年)。

『新青年』昭和八年九月号に掲載されたエッセイ「シルエットＡＢ」で横山は「シルエットは我々が色の中で一番好きな白と黒で出来上つて」おり、「永久に美しい存在」とし、「輪郭が持つ美しさと其の量の持つ安定が、我々目を喜ばしてくれる」と書いている。横山の場合、黒の木炭紙を使って、ハサミを動かさずに紙を動かして切り進むという寄席の紙切り芸のような手法を採り、さらに拡大・縮小などの印刷上の技法も駆使していたようだ。

セリフなしで西洋の決闘を描いた切り絵物語「きりがみざいく手袋」(『新青年』昭和八年三月号)は、さまざまな種類の紙を使って影絵のような特殊な効果を実験している意欲作だが、横山オリジナルと思われるストーリーが摑みにくく、本書への収録は後述の「キリヌキ宝島」とした。

「きりがみざいく手袋」と同時期の昭和八年春季増刊（二月）に掲載された「実録巌窟王」（田中早苗）にも、切り絵の力作が使用されているので、かなり重点的に切り絵の技法を研究していたのだろう。

横山の切り絵をもっとも生かしたのが『ぷろふいる』だ。商業雑誌ながら地方（京都）出版であり、同人誌に限りなく近いため、昭和八年五月の創刊以来あまり挿絵には力が入れられていなかったが、次第に経済的余裕ができたのか、挿絵が増え、漫画のページまで創設される。横山は昭和十年一月号から登場し、「探偵小説独言集」と題したシリーズを持つ。これは、探偵作家や翻訳家のシルエットを切り抜き、いかにも本人が言いそうなことを一言（これは編集部の文だろう）添えるというファンジンならではのお遊び企画で、大下、夢野、水谷、海野、江戸川、木々らが俎上に乗せられている。

横山は十年七月号から挿絵でも参加しているが、点数は少ない。それより重要なのは、九月号から翌十一年五月号まで、横山の切り絵が表紙を飾っていることである。横山の表紙が始まる十年九月号から新漫画派集団による口絵漫画が始まることから、ここで横山と版元であるぷろふいる社との関係がいっそう深まったのだろう。

■**「キリヌキ宝島」**

『新青年』昭和九年春季増刊（二月、第十五巻第三号）「傑作探偵小説集」に掲載された「キリヌキ宝島」は、スティーブンソン（Robert Louis Stevenson、一八五〇〜一八九四年）の代表作である「宝島（*Treasure Island*）」（一八八一～一八八二年）を切り絵物語化したもの。『新青年』増刊号の巻頭六十四ページを割き、片面のみ印刷（本書では両面印刷）で、タイトル含む三十二ページ分の切り絵を掲載、用紙は色紙（おそらく黄色系だが末永実見のものは退色が激しいため正確には判断できなかった）という贅沢なもの。刷り色は黒。同号の「編集だより」（編集後記）で「正に豪華版」、「白黒の世界に躍る海賊と少年の姿を見給へ」と煽っている「S・U」とは、おそらく上塚《うえつか》貞《さだ》雄《お》。これは乾信一郎の本名である。自分が発掘した画家を盛り立てるために企画したものだろう。

しかし、せっかくの大舞台なのだが、鈴木あゆみが「シルエットの美学」（『新青年読本全一巻』昭和六十三年、作品社）で指摘するように、本作は「編集の不手際だろうか、絵の順番が混乱していて、筋が追えなくなってしまっている」。確かに、最初の八ページは問題ないが、それ以降は、「船長」の遺品から宝島の地図を見つけたとたん宝島でジム少年がジョン・シルバーに捕まっていて、それから宝の穴を見つけて、その後ブリストルから出港して宝島を見つけるというように、文字通りメチャクチャになっている。今回の収録にあたって、これをストーリーに従って配列し直したが、レイアウトの都合で不自然になっている部分も残っている。有名な「林檎樽での盗み聞き」シーンが林檎樽に入っていないというように、原作とは異なる部分があるが、これは技術的な限界からの改変なのだろう。そんな細かいことは忘れて、一四〇～一四二ページの「南総里見八犬伝」の芳流閣の信乃と現八を思わせるクライマックス、そして一三六ページのジョン・シルバーの海賊らしい見事な立ち姿。切り絵の一つの到達点として楽しんでいただきたい。

帆船は横山の好んだモチーフで、前記のエッセイ「シルエットＡＢ」にも帆船の切り絵が添えられているほか、『ぷろふいる』昭和十一年一月号の表紙も切り絵による帆船である。綱が多く複雑な帆船の形状は、テクニック的にも挑戦のしがいがあったのだろう。

晩年の貴重なインタビュー

巻末には資料として、『新青年』研究会の小松史生子《こまつしょうこ》氏（現・金城学院大学教授）と本叢書に序文をいただいている浜田雄介《はまだゆうすけ》氏（現・成蹊大学教授）によって平成八（一九九六）年十二月二十二日に敢行された、八十七歳当時の横山のインタビューを収録した。このインタビューは、小松氏の父君が横山の次男である横山隆二《りゅうじ》氏と同級生であったという縁で実現したもので、文中の「エッグ隊員」は小松氏、「スクランブル隊員」は浜田氏を指している。

横山は、記憶が確かであるだけでなく、整理された資料に基づいてインタビューやエッセイに臨むため、時を経ても発言に矛盾や齟齬が少ない。そのため、インタビューでよく聞かれる漫画関係の話題には目新しい情報が少ないという面もあるのだが、このインタビューは『新青年』での挿絵画家時代に多くを割いているため、貴重なものとなっている。

初出の『「新青年」趣味』誌は、二百部ほどしか印刷されておらず、一般には目にする機会が少ないと判断して再録した。

参考文献
横山隆一の著書『わが遊戯的人生』（昭和四十七年、日本経済新聞社）、『大衆酒場』（昭和六十年、かまくら春秋社）、『鎌倉通信』（平成七年、高知新聞社）、『鎌倉通信 其の2』（平成十一年、高知新聞社）のほか、展覧会図録などを参照した。
新漫画派集団については近藤日出造「新漫画派集団怪古録1」『東京』昭和二十三年八月号などの雑誌記事を中心に参照した。

初出一覧

「生ける死美人」　『探偵小説』昭和七年七月号
「塙侯爵一家」　『新青年』昭和七年七月号〜十二月号
「豚児廃業」　『新青年』昭和八年十月号
「キリヌキ宝島」　『新青年』昭和九年二月号
「上海燐寸と三寸虫」　『新青年』昭和九年三月号
「師父ブラウン」　『モダン日本』昭和九年五月号
「青色鞏膜」　『新青年』昭和十年四月号

或る晴れた冬の日に　『「新青年」趣味』第五号　平成九年
横山隆一画伯インタビュー　『「新青年」趣味』第六号　平成十年

本文中、今日では差別表現につながりかねない表記がありますが、作品が描かれた時代背景、作品の文学性と芸術性、そして著者が差別的意図で使用していないことなどを考慮し、底本のままといたしました。

◆編者紹介◆
末永昭二（スエナガ・ショウジ）
一九六四年、福岡生まれ。大衆小説研究家。立命館大学文学部卒。『新青年』研究会に所属。著書に、『貸本小説』（アスペクト）など。

協　力　横山隆雄
横山隆二
横山隆一記念まんが館

挿絵叢書　横山隆一

2017年12月1日　初版発行
定価　2800円＋税

編　者　末永昭二
カバーデザイン　小林義郎
発行所　株式会社 皓星社
発行者　晴山生菜
編　集　谷川　茂
〒101-0051　東京都千代田区神田神保町3-10
電話 03-6272-9330　FAX 03-6272-9921
URL http://www.libro-koseisha.co.jp/
E-mail info@libro-koseisha.co.jp

組版　米村緑（アジュール）
印刷・製本　精文堂印刷株式会社

落丁・乱丁本はお取替えいたします。
ISBN 978-4-7744-0640-4 C0093